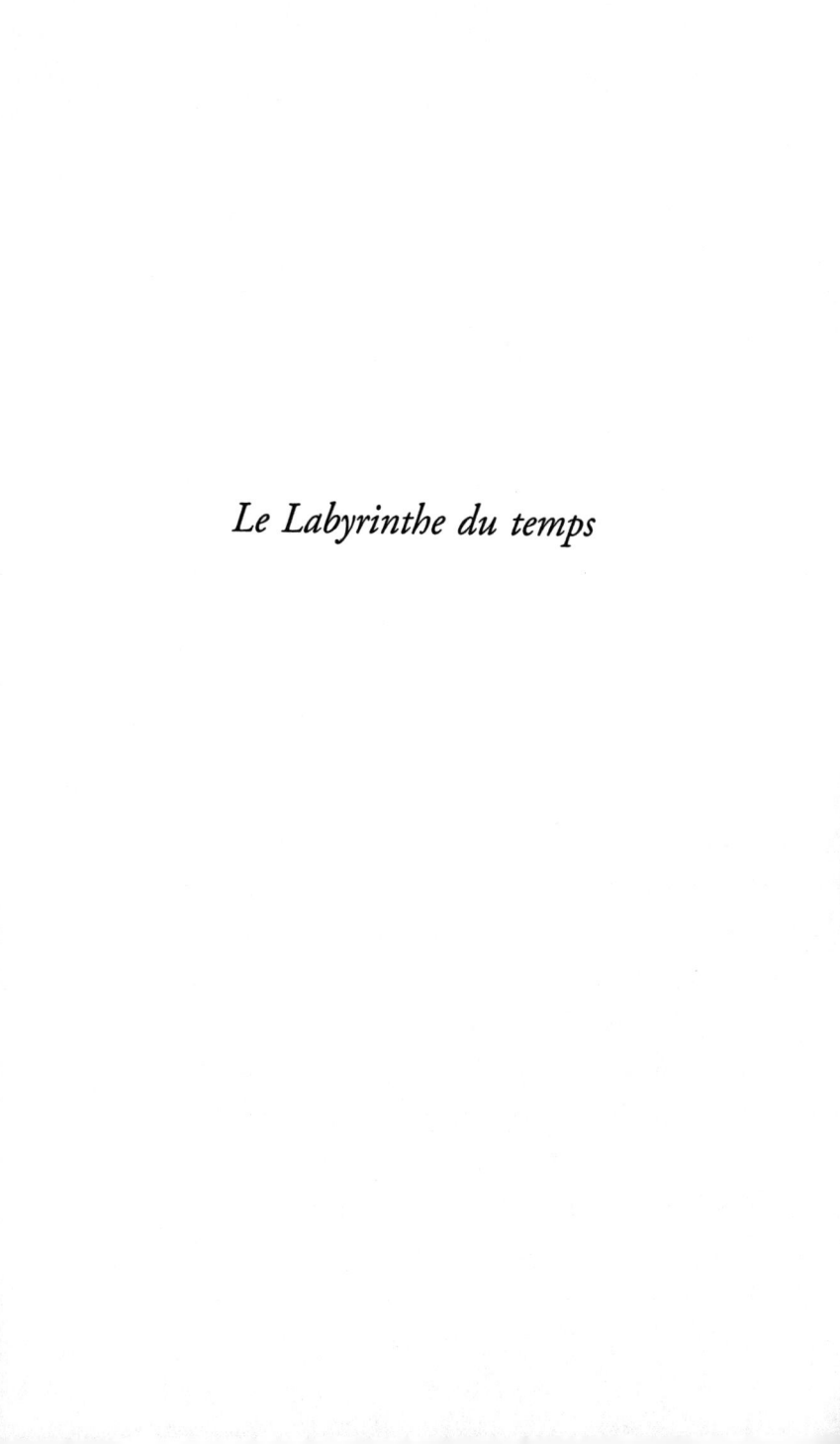

Le Labyrinthe du temps

Maxence Fermine

Le Labyrinthe du temps

ROMAN

Albin Michel

© Éditions Albin Michel, 2006

*Pour Spyros,
pour Dimitri et pour la Grèce.*

Je n'ai jamais su faire la différence entre la vie et la poésie.

GABRIEL GARCIA MARQUEZ

I

À la fin de sa vie, lorsque vint la délivrance de la prophétie qui le tenait depuis toujours à l'écart du temps, l'archimandrite Vassili Evangelisto se rappela avec bonheur le jour de 1803 où le tsar Alexandre Ier l'avait envoyé en mission loin de sa Russie natale.

À cette époque, l'ordre des moines de saint Dimitri avait pour but essentiel de convertir les peuples n'ayant pas encore été sauvés par le message du Christ et, pour cela, entreprenait de longs, coûteux et périlleux voyages jusqu'aux terres les plus reculées. Après de nombreuses années passées au monastère de Novgorod, l'archimandrite ressentit l'appel de la foi et se porta volontaire pour une mission d'évangélisation en Arabie. Il fit alors ses adieux à sa communauté, prit la route du nord, rejoignit

Le Labyrinthe du temps

Saint-Pétersbourg à pied par un froid glacial et se rendit aussitôt à la cour du Tsar.

— Êtes-vous certain de vouloir mourir déjà ? lui demanda Alexandre Ier, le recevant dans les fastes et les ors de son palais d'Hiver à quelques jours de son départ.

Le monarque, encore jeune et peu expérimenté, subodorait que ce voyage en terre d'Islam ressemblait plus à un sacrifice qu'à une tentative d'évangélisation. Mais l'archimandrite, nullement impressionné par la stature du jeune tsar aux allures d'éphèbe, et encore moins par la perspective de se retrouver seul au milieu de musulmans hostiles, se pencha vers lui et lui répondit d'une voix ferme :

— Majesté. Je ne crains pas la mort. Je n'ai que la crainte de Dieu.

Impressionné par tant de ferveur, de foi et de courage, Alexandre resta un instant silencieux puis, haussant les sourcils, salua le religieux avant de conclure :

— Dieu fasse cependant que vous n'ayez pas à le rejoindre trop vite. Mais pour vous témoigner ma gratitude, permettez-moi de vous offrir ce modeste présent. Un présent qui saura,

Le Labyrinthe du temps

je l'espère, vous rappeler à nous dans les moments difficiles.

Le Tsar claqua des mains et un domestique en livrée fit son entrée, tendant à bout de bras un plateau d'argent sur lequel reposait une Bible en vélin enluminée à l'or fin.

– Majesté, suis-je digne d'un tel cadeau ?

– Il s'agit d'un incunable attribué à saint Dimitri. Il est donc juste qu'il vous revienne, vous qui avez consacré tant d'années à dispenser son enseignement. Vous verrez, vous passerez des heures à en admirer les illustrations. Cela égaiera vos longues soirées solitaires.

L'archimandrite prit la Bible entre ses mains longues et minces, la contempla avec émerveillement et se confondit en remerciements. Après quoi, d'un signe du menton, le monarque lui fit savoir que l'entretien était terminé.

– Mon père, je vous souhaite un bon voyage. Et que la chance vous accompagne.

Par la suite, Vassili Evangelisto ne regretta jamais sa décision. Lui qui était un homme grave et froid, dispensant la parole de Dieu partout où il se trouvait, se consacrant aux études et aux prières, allait enfin découvrir ce qu'était l'action.

Le Labyrinthe du temps

Mais il savait aussi qu'il ne reviendrait pas. C'était un voyage sans retour.

Il quitta la Russie le 17 janvier 1803, un jour d'hiver si froid que la glace avait transformé le paysage en une gigantesque banquise, où l'on ne pouvait se déplacer qu'en traîneaux. Il neigeait depuis tant de jours que le déluge blanc semblait ne jamais devoir s'arrêter. Tout Saint-Pétersbourg – que Pierre le Grand avait fait ériger un siècle plus tôt à l'embouchure de la Neva et dont il avait fait sa capitale en 1712 – apparaissait d'une blancheur désespérante, recouvert d'un manteau pur et laiteux que chaque nuit la bise changeait en un vêtement de glace.

Ce fut l'hiver tant redouté que les astrologues de la Cour annonçaient depuis bientôt cent ans : la malédiction qui rayerait de la carte cette fragile Venise du nord, ce rêve de pierre et de glace posé sur les bords de la Baltique. Ce fut l'hiver terrible que prédisait déjà Nostradamus bien des années auparavant, et que la cour de Catherine de Médicis avait attendu en vain. Cet hiver sans pitié que les alchimistes, depuis Nicolas Flamel jusqu'aux derniers mages du grand œuvre, avaient vu inscrit dans les vapeurs de mercure, de soufre et d'arsenic surgissant de l'athanor. L'hiver blanc qu'espérait en silence, du fond de la cité interdite, l'empereur de Chine. Le grand hiver mortel prophétisé par les prêtres du temple d'Amon en Égypte et qui annonçait la fin des temps. Or, pour le malheur des hommes, cet hiver-là venait de commencer.

Au matin, il était impossible d'ouvrir une porte sans faire craquer plusieurs centimètres de glace à l'aide d'une lame, ni de repousser les volets sans verser au préalable un baquet d'eau bouillante sur les gonds gelés. Le soleil était si pâle qu'il paraissait lui-même transi, recouvert d'un filtre étrange et opaque, comme une mandarine dans une gangue de cristal. Pas une rue de la ville n'était préservée de la violence du vent et du froid, et on ne distinguait plus le palais d'Hiver qui se fondait dans la blancheur poudreuse du ciel. Ce qui faisait dire à tous avec raison que le majestueux édifice, construit sur ordre de l'impératrice Élisabeth par l'architecte italien Bartolomeo Francesco Rastrelli, portait son nom à merveille.

Dans sa vaste demeure, Alexandre Ier se mourait de froid et, chaque matin, il ordonnait qu'on abattît les arbres de la perspective Nevski pour faire des flambées à transformer tout Saint-Pétersbourg en un gigantesque brasier. Le port lui aussi était battu par les rafales de grésil, et le quai était devenu une immense patinoire où glissaient les badauds téméraires sur un verglas éclatant. Entre les mâts des navires, le froid avait tissé une voile de glace, véritable toile d'araignée lunaire qu'aucun vent, pourtant, ne parvenait à faire trembler.

Il fallut attendre un temps infini pour que le soleil reprît enfin sa couleur d'orange sanguine. Les stalactites se mirent alors à fondre, la neige s'arrêta de tomber et les premiers navires purent quitter le port.

Plus tard, en se remémorant cette saison terrible, ce froid languide et ces longues journées de neige, Vassili Evangelisto comprit que la prophétie qu'il devait découvrir par la suite était sans aucun doute à l'origine de ce phénomène climatique extraordinaire. Car durant toutes les années où il fut la proie du sortilège du temps, qu'il se l'expliquât ou non, il fut chaque jour confronté à l'inconnu.

Le Labyrinthe du temps

La mer gelée craquait lentement au passage du navire sur lequel Vassili Evangelisto avait embarqué pour l'Arabie. Le capitaine Gerbault, un officier encore jeune malgré un visage buriné par les vents de plusieurs voyages en terres australe et septentrionale, commandait *Le Téméraire*, le navire sur lequel étaient massés vingt-quatre hommes d'équipage et une centaine de passagers. Des commerçants, pour la plupart des Juifs venus des environs de Moscou et désireux de faire fortune en Orient, des aventuriers en provenance de Sibérie, des Ouzbeks, des Turkmènes, des Kazakhs, des Tatars, des Mongols et un religieux de Novgorod, Vassili Evangelisto lui-même, envoyé personnel de sa majesté le Tsar de toutes les Russies.

Le capitaine Gerbault se méfiait des Juifs, accordait peu d'importance aux nomades d'Asie centrale et encore moins à l'archimandrite. Un matin, alors que le religieux arpentait le pont du navire, bien emmitouflé dans sa cape en fourrure, le capitaine le prit à partie.

– Qu'allez-vous faire là-bas, en Arabie ?

L'archimandrite, frissonnant dans la froidure

matinale, les oreilles gelées par la bise qui soufflait du nord et lui causait de si violents maux de tête qu'il avait l'impression que son crâne allait éclater à tout moment, parvint tout de même à murmurer entre ses lèvres gercées et bleuies :
— Porter le message du Christ.
Gerbault chiqua un peu de tabac et cracha sur le pont un jet de salive brune.
— Foutaises. Dès qu'ils vous verront, ils vous tueront. Ce ne sont pas des gens civilisés, mais des sauvages que nous allons rencontrer. Des sauvages cruels et sanguinaires qui ne jurent que par Mahomet et vous traitent de « chiens d'infidèles ».
L'archimandrite, se rengorgeant, répondit avec orgueil :
— Mourir pour le Christ me semblerait un honneur et un privilège. Et je ne crois pas que tous les Mahométans soient des sauvages.
Le capitaine, nullement impressionné, toisa le religieux, puis, sans un mot, s'en fut vers le gaillard d'avant.

Le Labyrinthe du temps

Le Téméraire fit deux escales. La première dans la froidure des côtes norvégiennes. Au matin, les passagers découvrirent la ville de Christiania endormie sous la neige, au fond d'un golfe qui la protégeait de la rigueur des éléments.

— Cette cité est une splendeur ! s'étonna un voyageur en découvrant le château d'Akershus qui surplombait le port. Dommage qu'il y fasse si froid.

La seconde escale quand, parvenu sous des cieux plus cléments, le navire fit provision de vivres à Gibraltar, à l'entrée des eaux calmes et limpides de la Méditerranée. Lorsque le rocher formant la pointe extrême de la péninsule Ibérique se dessina à l'horizon, Vassili Evangelisto annonça à tous les passagers :

— Voici la montagne du chef berbère Tariq. En arabe, Djebel al Tariq, qui fut par la suite déformé en Gibraltar. Ou encore les célèbres colonnes d'Hercule de l'Antiquité.

— Nous sommes donc aux portes de l'Afrique, fit observer quelqu'un.

— Exactement. À mi-chemin entre l'Orient et l'Occident. Ce rocher tant convoité, voyez-vous, est la frontière entre deux mondes. Pourtant il n'appartient ni au Maroc ni à l'Espagne, mais dépend bel et bien de la Couronne britannique.

Lorsqu'ils débarquèrent à Gibraltar, les passagers purent vérifier les propos de l'archimandrite. La ville était partagée en deux moitiés absolument différentes. D'un côté le quartier espagnol, avec son église, sa large place bordée de platanes et de grands bâtiments à l'architecture sobre et rectangulaire. De l'autre, une mosquée, un marché et une multitude de petites maisons blanches tarabiscotées. Et, au milieu, un poste militaire britannique tentant d'imposer sa domination sur ce territoire à peine plus grand qu'un mouchoir de poche.

— Messieurs, claironna Gerbault lorsque les passagers furent descendus à quai, rendez-vous à la tombée de la nuit ici même.

Les passagers se scindèrent en deux groupes, les uns attirés par le quartier espagnol, les autres par le souk arabe, tandis que le capitaine se rendait au poste militaire tenu par les officiers britanniques afin d'y remplir les formalités d'usage.

Vassili Evangelisto passa la journée dans le

Le Labyrinthe du temps

quartier mauresque où, à l'ombre des tamariniers et des orangers, contre quelques pièces d'argent, il goûta au narguilé, aux pâtisseries orientales, au thé à la menthe, au jus de fraise et au sirop de rose.

Dans une boutique tenue par un commerçant arabe, son regard fut attiré par un curieux petit coffret en bois. Il s'en approcha, le prit en main, découvrit sept serrures, caressa le bois finement ouvragé, patiné d'un vernis sombre légèrement écaillé qui lui donnait le lustre d'un autre temps.

– Quel est donc cet objet ? demanda l'archimandrite.

Le marchand répondit avec empressement :

– Coffret de Tahar le Sage. Bois d'olivier. Pour vous, monsieur, très bon prix.

Le religieux fronça les sourcils. C'était la première fois de sa vie qu'il entendait ce nom.

– Qui est donc ce Tahar ?

L'Arabe se pencha vers son hôte et lui confia à l'oreille :

– Un très grand magicien égyptien. Il est mort il y a très, très longtemps.

– Et cet objet lui a appartenu ?

Le Labyrinthe du temps

— Bien sûr. C'est lui-même qui l'a fabriqué de ses mains.

— Et que possède-t-il donc de particulier, ce coffret ?

— Tu verras. Mais je peux te jurer sur Allah que tous ceux qui l'ont acheté sont devenus immensément puissants. À condition, bien entendu, de parvenir à percer le secret des sept serrures.

— Ce que tu as réussi à faire, je suppose.

— Hélas ! répondit le marchand. Sinon je ne le vendrais pas !

— Très bien, dit le religieux, amusé. Je le prends. Quel est son prix ?

Après de rudes négociations, Vassili Evangelisto parvint à emporter à un prix raisonnable le coffret de Tahar. Puis, ravi, il quitta le marchand arabe et rejoignit ses compagnons de traversée à l'heure dite.

À bord du *Téméraire* le capitaine Gerbault leur annonça :

— Désormais, nous ne nous arrêterons plus jusqu'au terme du voyage.

II

Le navire, après avoir longé les terres de Finlande, de Suède et de Norvège, traversé la mer Baltique, contourné les côtes du Danemark, croisé au large de la Hollande, de l'Angleterre, de la France, de l'Espagne et du Portugal, franchi le détroit de Gibraltar, bordé les côtes d'Afrique du Nord, de la Sicile et de la Crète, s'approcha bientôt de l'Arabie.

– Nous allons de la glace au feu, déclara l'archimandrite alors que le bateau filait à vive allure sur les eaux limpides de la Méditerranée et que le climat se faisait chaque jour plus agréable.

Hormis les deux escales qui eurent l'heur d'enchanter l'équipage en tuant la monotonie du voyage, il ne se passa rien. À force d'inaction, la maladie de l'ennui s'empara du navire.

Le Labyrinthe du temps

Vassili Evangelisto était occupé à prier, à genoux sur le pont, lorsqu'il sentit une chape de plomb tomber sur ses épaules et le faire ployer à terre. Il bâilla à s'en décrocher la mâchoire, dut regagner son hamac et n'en plus bouger sous peine de ressentir une extrême fatigue. Cette maladie le tint couché plusieurs jours, mais il en fut sauvé par la contemplation de la bible de saint Dimitri.

Il s'émerveillait du travail d'orfèvre accompli, s'exaltait des enluminures qui brillaient et dansaient devant ses yeux comme des lucioles, tournait avec un soin amoureux les pages de l'incunable. Mais bientôt sa vue se troubla, le vertige le prit et il fut incapable de soutenir son attention. Il entreprit alors de sculpter dans un bloc d'argile un petit saint Christophe, patron des voyageurs, certain qu'il saurait le préserver du malheur pour le reste de la traversée. L'ouvrage lui demanda de nombreuses heures de travail et lui occupa l'esprit. Mais à peine le saint fut-il achevé qu'il retomba lui aussi dans une profonde léthargie. Sans plus y croire, il se laissa mourir à petit feu, et sans doute aurait-il passé de vie à trépas s'il n'avait

Le Labyrinthe du temps

porté son regard sur le coffret en olivier de Tahar le Sage. Il tendit la main et posa sa paume sur l'une des sept serrures. Aussitôt, une lumière blanche jaillit, qui lui procura une sensation de chaleur. Alors il sut que la maladie de l'ennui allait disparaître à jamais et, tandis que chacun sur le navire sortait peu à peu de son étrange torpeur, il s'allongea et s'endormit du sommeil des justes.

— Terre ! s'écria un peu plus tard la vigie.

Vassili Evangelisto se réveilla en sursaut et comprit qu'il s'était assoupi quelques minutes. Pourtant, tout son corps était engourdi comme après un très long repos. Il s'extirpa de son hamac, quitta le dortoir et gagna le pont. Il regarda au loin et découvrit une côte déchiquetée, rougeâtre, désertique, sur laquelle était posée une ville dont on apercevait le minaret planté comme une flèche en plein ciel. C'était l'Arabie avec ses mirages, son soleil, ses déserts et ses parfums envoûtants.

Le navire se rapprocha de la côte d'Arabie, glissant sur une mer d'huile aussi bleue qu'un ciel renversé, sans rencontrer le moindre signe de vie. Des felouques, amarrées au port, étaient vides de tout occupant et la ville semblait dormir, silencieuse.

— Tout cela n'est pas normal, annonça le capitaine Gerbault.

— Qu'est-ce qui n'est pas normal ? s'enquit aussitôt l'archimandrite qui se tenait sur le pont et observait l'horizon.

— Ce silence. C'est inquiétant. C'est la première fois que j'aborde une côte d'Arabie plongée dans une telle torpeur. D'ordinaire, ça grouille de vie. Là, voyez-vous, pas le moindre signe d'activité. Il a dû se passer quelque chose.

Se saisissant de sa longue-vue, il inspecta la côte et s'écria :

— Par le feu de Saint-Elme ! Il ne manquait plus que ça !

— Qu'y a-t-il ? s'empressa de demander Vassili Evangelisto, aux aguets.

— Le drapeau de quarantaine flotte sur le port. Tout accostage est interdit.

— Pourquoi donc ?

— Allez savoir. Une épidémie de peste, une

Le Labyrinthe du temps

guerre entre tribus, une invasion de criquets... ou les trois à la fois.

Le capitaine Gerbault, en marin aguerri, mouilla l'ancre au large et attendit la venue d'un émissaire.

— Laissons-les venir à nous plutôt que de nous jeter dans la gueule du loup.

— Croyez-vous qu'ils viendront à notre rencontre ? demanda un passager.

— C'est inéluctable. *Le Téméraire* ne passe pas inaperçu et nul doute que, depuis les hauteurs de la ville, les Arabes nous guettent déjà. Attendons quelques heures et nous verrons bien.

Peu avant que ne tombât la nuit, comme le capitaine l'avait affirmé, une embarcation quitta le port, prit la mer et s'approcha du *Téméraire*.

Le capitaine faisait les cent pas sur le pont afin de calmer son impatience tandis que les passagers étaient rongés d'inquiétude. La felouque s'approcha bientôt et on aperçut à son bord trois Arabes vêtus de caftans vert et or, arborant barbe et moustache, la tête ornée d'un turban. Lorsque l'embarcation ne fut plus qu'à quelques mètres du navire, l'un des hommes, sans doute un dignitaire, mit ses mains en porte-voix et cria d'une voix forte, dans un français parfait :

— Par ordre de Muhammad pacha, vous devez lever l'ancre et quitter cette rade immédiatement.

— Pourquoi donc ? demanda Gerbault en se penchant par-dessus le bastingage. Il y a eu une révolution ? La peste s'est emparée de la ville ?

— Pire que cela, répondit le dignitaire en levant les mains au ciel, le père de notre bien-aimé Muhammad pacha, le très vénéré Moktar pacha, a été assassiné par un chien de chrétien. Et, depuis, aucun infidèle n'est le bienvenu ici.

Dès que la nouvelle parvint aux oreilles des passagers et de l'équipage, la peur s'installa.

— Allons bon ! Un assassinat ! s'exclama Gerbault.

Puis se tournant vers le dignitaire, il demanda :

— Qu'est devenu l'assassin ?

— Il a été lapidé par la foule et ses restes ont été dévorés par les chiens errants.

À cette terrible évocation, un frisson parcou-

Le Labyrinthe du temps

rut les passagers. Seul le capitaine ne broncha pas.

— Dis à Muhammad pacha que nous condamnons ce crime et que, dès l'aube, nous lèverons l'ancre.

Le dignitaire arabe lui adressa un signe et ajouta :

— Je le lui dirai. Mais à votre place, je partirais aussitôt. La ville n'est pas sûre depuis quelques jours et toute activité commerciale est suspendue.

— Merci de tes conseils. Nous lèverons l'ancre dès que possible.

— Qu'Allah vous protège.

En prononçant ces mots, le dignitaire porta sa main droite à sa poitrine. Puis, sans plus attendre, il donna l'ordre au pilote de la felouque de rejoindre la rive.

Dans la cabine du capitaine, les discussions allaient bon train. L'archimandrite était résolu à débarquer malgré l'interdiction, et les autres passagers pressés de fuir au plus vite cette côte maudite.

Le Labyrinthe du temps

Le capitaine Gerbault trancha :
– Que ceux qui veulent débarquer le fassent à la nage. Et que ceux qui veulent quitter ce rivage à l'instant montent à bord des deux chaloupes de secours et prennent la mer pour aller où bon leur semble. Pour ma part, je peux vous affirmer que *Le Téméraire* ne reprendra sa route que demain matin. Ce ne sont pas les villes arabes qui manquent le long de cette côte. Maintenant, je vous souhaite à tous une bonne nuit. Prenez des forces. On ne sait jamais ce qui peut se passer demain.

Un peu plus tard, alors que les étoiles brillaient dans le ciel d'Arabie, les dernières paroles du capitaine prirent tout leur sens lorsqu'un boulet de canon déchira la coque du navire, traversa les cloisons de sa cabine et finit sa course à quelques centimètres de son lit, perforant de part en part le tableau d'un peintre hollandais représentant la prise de Jérusalem en 1187 par Saladin. Le souffle de l'explosion avait balayé tout ce qui se trouvait sur son passage. Ainsi furent détruits un portulan de

Le Labyrinthe du temps

cartes marines d'une valeur inestimable – dont une mappemonde de Mercator datée de 1555 et signée de la main du célèbre astronome et mathématicien flamand –, une rose des vents, un compas, un baromètre, un chandelier en argent, un vase de Chine et une petite statuette en plâtre représentant une licorne.

— Que se passe-t-il ? s'écria Gerbault en se redressant sur sa couche.

Lorsqu'il aperçut le boulet de canon encore fumant encastré dans le tableau à la place exacte où, quelques secondes auparavant, se trouvait la représentation du premier sultan ayyubide, il comprit que la scène se rejouait en abyme.

— Les Arabes attaquent *Le Téméraire* ! cria une voix à l'entrepont.

Cette première salve n'était qu'un avertissement. Alors qu'un deuxième boulet, moins précis, tombait à la mer, une felouque s'approchait du navire, chargée d'hommes en armes.

— C'est ici que l'aventure commence ! s'écria le capitaine Gerbault en se ruant sabre au clair sur le pont du *Téméraire*.

Mais à peine avait-il achevé sa phrase que

Le Labyrinthe du temps

l'aventure se terminait : le troisième boulet le traversa de part en part et l'envoya à la mer.

La dépouille mortelle de l'officier flotta quelques secondes sur les eaux rougies puis disparut dans les profondeurs marines.

La bataille qui s'engagea cette nuit-là entre les chrétiens et les musulmans fut aussi brève que sanglante. Les hommes d'équipage, privés de leur chef, furent massacrés jusqu'au dernier. Aux passagers ne resta bientôt que le choix de la mort : subir le même sort ou périr noyé. Un seul survécut, tassé au fond de la cambuse, parmi les tonneaux de saumure, d'huile, de vinaigre et de vin. Vassili Evangelisto.

Après la bataille, les vainqueurs se rassemblèrent sur le pont, ivres de leur victoire :

– Allah est grand ! Les infidèles ont péri jusqu'au dernier ! Moktar pacha est vengé ! clama un homme qui n'était autre que le dignitaire mandé vers le capitaine Gerbault. Je leur avais pourtant laissé le choix de fuir. Mais comme tous les infidèles, ils se sont entêtés. Par Allah, les voilà bien récompensés !

Un de ses hommes s'approcha et demanda :

Le Labyrinthe du temps

— Doit-on ramener le bateau au port et le considérer comme une prise de guerre ?

— Non, répondit aussitôt le dignitaire. J'ai une meilleure idée.

Se saisissant d'une torche enflammée, il bouta le feu aux voiles et ordonna qu'on coupât les amarres.

— Que ce navire aille au diable !

Avec l'aide du vent d'ouest, le feu se propagea à la vitesse de l'éclair. Sans plus attendre, les Arabes remontèrent à bord de leur felouque et rejoignirent la côte. Et tandis que le bateau était emporté au large par les forts courants, boule de feu glissant sur la surface des vagues, ils purent jouir d'un spectacle étonnant : d'un côté *Le Téméraire* en flammes s'éloignait à l'horizon, de l'autre, le jour se levait sur la ville endormie. Deux soleils brillaient dans le ciel d'Arabie.

Lorsque l'archimandrite osa enfin sortir de sa cachette, le feu avait ravagé la voilure et s'attaquait aux mâts et à la coque. Sans hésiter une seconde, cherchant de bâbord à tribord, il

Le Labyrinthe du temps

finit par dénicher une embarcation de secours. Il fit provision de victuailles, rassembla en hâte ses affaires personnelles, sans oublier la bible de Dimitri, le petit coffret en olivier de Tahar le Sage, et la statuette en argile de saint Christophe. Après quoi, il s'empressa de mettre la chaloupe à la mer.

Tandis que les flammes dévoraient *Le Téméraire* et le transformaient en brasier flottant, que de ses flancs s'échappaient des gerbes d'étincelles retombant en pluie sur la surface des eaux, l'archimandrite, seul rescapé de l'hallucinant désastre, voguait en pleine mer.

Cette errance dura de longs jours tourmentés d'incertitudes, de désespoirs et de découragements.

La chaloupe dérivait, livrée à la furie des vents, écrasée par la chaleur du jour et glacée par la transparence des nuits. L'archimandrite se crut perdu à jamais. Battu par les orages, il faillit se noyer cent fois.

Jusqu'à ce que, par un matin de forte houle, il distingue une île à l'horizon.

III

L'île se découpait dans la brume matinale, lui rappelant à plus grande échelle le rocher de Gibraltar. De loin, elle ressemblait à un tertre posé au milieu de la mer et dont les pentes étaient composées de roches inaccessibles.

Au prix d'un ultime effort, Vassili Evangelisto rama plusieurs heures encore, le courage lui venant de ce que son calvaire allait bientôt prendre fin. Mais au fur et à mesure qu'il se rapprochait de l'île, un doute lui vint : si elle était déserte ?

– Nous verrons bien, finit-il par dire tout haut. C'est un miracle auquel il faut croire et se raccrocher !

Bientôt, l'île ne fut plus qu'à quelques encablures de la chaloupe. Après avoir cherché un lieu propice à un accostage, l'archimandrite

Le Labyrinthe du temps

trouva une crique ceinturée de blocs de pierre noire. Il y amarra la chaloupe et sauta à terre. Puis, sans prendre le temps de recouvrer ses forces, il gravit la falaise afin de découvrir cette terre. Il emporta avec lui ce qu'il possédait de plus précieux : la bible, le saint Christophe, le coffret de Tahar ainsi que ce qu'il lui restait d'eau et de vivres.

Après avoir escaladé des rochers aussi coupants que du verre, il s'assit un instant et reprit son souffle. Contemplant le sol noir, il pensa :

« Cette île est un volcan éteint. Et je suis en train de marcher sur de la lave refroidie. Voilà sans doute ce qui explique la présence des blocs de pierres dans l'eau. »

Arrivé sur le plateau, il aperçut un paysage désolé, vierge de toute habitation, sans un seul brin d'herbe. Seule, au pied du dôme du volcan, apparaissait une petite forêt. Il marcha près d'une heure avant de l'atteindre et de découvrir en lisière une source d'eau pure. Le cœur en fête, il se restaura de quelques galettes de maïs tout en buvant tout son soûl l'eau fraîche qui jaillissait de la terre. Puis, brisé de fatigue, il s'allongea au pied du premier arbre et, le regard perdu dans le ciel, sombra dans l'inconscience.

Lorsqu'il s'éveilla, il faisait nuit. Les étoiles brillaient dans le ciel comme des milliers de flambeaux et Vassili Evangelisto, à la fois si proche et si loin de Dieu, fut parcouru de frissons. Quelques instants plus tard, une lueur apparut à l'horizon, là où finissait l'île et commençait la mer. Une boule rouge et incandescente se consumait sur un lit d'étoiles que la luminosité du brasier teintait de sang. Le soleil levant.

Bientôt, ce fut l'aube. Des milliers d'épingles de lumière perforèrent le feuillage des arbres et les ténèbres disparurent. Il se leva, fit provision d'eau et se remit en marche.

Vassili Evangelisto avança ainsi toute la journée, dans un désert de solitude. À bout de forces, il contourna en fin d'après-midi le volcan en direction du soleil couchant. Rompu de fatigue, il allait se mettre en quête d'un refuge où passer sa seconde nuit sur l'île lorsqu'il aperçut une lueur au loin. Quelque

Le Labyrinthe du temps

chose brillait derrière le sommet du volcan, comme un tourbillon de lumière blanche partant du sol et éclairant le ciel.

Le religieux rassembla ses dernières forces pour se frayer un passage entre les ronces et les herbes jaunes.

Derrière un rideau de lierre, de fougères et de palmes, l'archimandrite découvrit pour la première fois le village accroché à la falaise dominant la mer. Il sut alors ce qu'était la splendeur. Il ressentit l'émotion qui étreint l'explorateur après des années de recherche et d'errance, lorsqu'il trouve enfin l'entrée de la Cité perdue.

Le village semblait irréel, plongé dans le silence, à l'abri des regards. Agrippées à la falaise de lave noire et noyées sous les fleurs rouges violacés des bougainvillées, une multitude de maisons blanches, roses ou jaunes s'étalaient en cascade autour d'un grand escalier de pierre plongeant dans la mer. Parmi ces demeures à l'architecture audacieuse, on distinguait, évoquant une crèche miniature, un moulin à vent,

Le Labyrinthe du temps

une petite église, une place surplombant la corniche sur laquelle trônait un palais aux murs chaulés de blanc. Les maisons colorées, les escaliers de pierre de lave, les ruelles pavées de mosaïque paraissaient neufs, comme préservés de l'usure des ans. Et pas un bruit, pas un mouvement qui attirât l'attention. Ceux des habitants qu'il pouvait voir dormaient, assis devant leur demeure ou étendus à même le sol au milieu des rues.

Vassili Evangelisto en resta sans voix. Il vérifia que tous respiraient, qu'ils n'étaient pas morts. Lorsqu'il recouvra ses esprits, il pénétrait au cœur du village, écartant les toiles d'araignée sur lesquelles perlaient des gouttes de rosée. Et en faisant ce geste, il sut qu'un sortilège avait figé et transformé ce lieu en un champ de silence et de stupeur. Et une crainte l'immobilisa à son tour : s'il y avait sortilège, pouvait-il en être lui-même frappé ?

Mais l'archimandrite était l'homme que la Légende annonçait. Il pénétra au cœur du village et le sortilège du sommeil n'eut aucun pouvoir sur lui. Ce qu'il voyait alentour, ces enfants et ces vieillards endormis, ces animaux

Le Labyrinthe du temps

couchés sur le flanc et en proie à une léthargie si profonde qu'elle devrait durer indéfiniment, semblaient appartenir à un autre monde.

Vassili Evangelisto avança lentement dans la rue principale, enjambant les corps pour continuer sa route, puis entra dans chaque maison afin d'y chercher un semblant de vie, un souffle, un frémissement. Dans une demeure de pierres roses, il découvrit un homme et une femme allongés sur un lit, dénudés, endormis. Il s'approcha d'eux et les contempla avec insistance. C'était la première fois qu'il voyait une femme nue. Son regard s'arrêta sur la poitrine où perlait encore la sueur, puis glissa sur le ventre, l'entrecuisse, et s'immobilisa sur le triangle noir du pubis. L'homme et la femme, de toute évidence, venaient de partager leurs corps et, alors qu'ils se regardaient dans les yeux pour y lire le plaisir qu'ils venaient de se donner l'un à l'autre, le temps s'était arrêté, figeant leur amour dans l'éternité. Vassili Evangelisto jeta un drap sur leur nudité, soupira longuement, chassa ses mauvaises pensées d'un signe de croix et sortit.

Il traversa ainsi le village pétrifié, de ruelle en ruelle, pour ne trouver que des êtres endor-

Le Labyrinthe du temps

mis. Pas un souffle de vent, pas un bruit si ce n'était, au loin, le ressac de la mer.

Au premier étage du palais, il vit un homme vêtu d'un uniforme anthracite, coiffé d'un tricorne et chaussé de bottes vernies. Cet étrange personnage dormait, assis dans un large fauteuil en olivier massif aux accoudoirs taillés dans deux branches d'if parfaitement symétriques. Ce palais plut à l'archimandrite, car il ressemblait à ceux qui agrémentaient les allées de Saint-Pétersbourg. Le plafond était recouvert de feuilles d'or, d'arabesques, d'ornements multicolores. Quant au sol de mosaïques, il représentait un paysage de bataille au temps des Assyriens.

L'homme tenait à la main une lettre qui portait encore le sceau de cire rouge apposé par son expéditeur. L'archimandrite, intrigué, se saisit de la missive, la décacheta et la lut. Elle était rédigée en grec ancien. Une langue qu'il connaissait, mais l'auteur de ce message avait une écriture si particulière qu'il ne parvint pas à la déchiffrer. Il ne retint qu'un nom inscrit en majuscules, au milieu de la page. Car ce nom était le sien.

Le Labyrinthe du temps

Après les premiers instants de stupeur, il résolut de s'en remettre à Dieu.

– Seigneur, quelle est la raison de ce nouveau mystère ?

Il replia le document et le remit en place. L'homme dormait toujours d'un profond sommeil. Le religieux se signa et quitta le palais. Au-dehors, l'île était la proie du soleil et du silence.

L'archimandrite se rendit alors à l'église. Indifférent à tout ce qu'il voyait autour de lui, il se dirigea vers l'autel où il s'agenouilla. Ce ne fut qu'après de longues secondes de recueillement que son regard fut attiré par la présence d'un enfant endormi. Âgé d'une douzaine d'années, il était allongé sur le sol au pied d'une clepsydre – une horloge égyptienne antique mesurant le temps par un écoulement d'eau dans un récipient gradué. La tête de l'enfant reposait sur son avant-bras droit, tandis que sa main gauche, étendue devant lui, était plongée dans le bassin de pierre alimentant la clepsydre. L'archimandrite prit la main de l'enfant dans la sienne et la sortit de l'eau. Il y eut alors comme un fracas extraordinaire, le tonnerre

Le Labyrinthe du temps

déchira le ciel, le vent se mit à rugir et l'eau coula de nouveau dans la clepsydre.

À la seconde où le niveau d'eau retrouva sa hauteur initiale, les rouages de la clepsydre s'actionnèrent, faisant de nouveau osciller la pendule et tourner les aiguilles dans leur cadran de bois. Le temps – rythmé par la musique de cet implacable métronome – reprit sa course, les toiles d'araignée se déchirèrent une à une, et du long sommeil de cette île, il ne resta plus rien.

La clepsydre était à l'origine de ce sortilège. Longtemps, le village avait vécu au rythme des secondes qu'égrenait inlassablement cette gigantesque horloge. Par un mécanisme d'une rare ingéniosité, l'instrument était alimenté à l'aide d'un bassin en circuit fermé dont chaque goutte d'eau était recyclée. En nettoyant le bassin de la clepsydre, l'enfant avait posé sa main dans le conduit d'alimentation de l'horloge et en avait bloqué le mécanisme. Aussitôt la clepsydre s'était arrêtée, l'eau avait cessé de couler et l'île entière avait été plongée dans une longue

Le Labyrinthe du temps

et inépuisable léthargie. Jusqu'à l'arrivée de Vassili Evangelisto qui la délivra d'un sommeil que la prophétie voulait éternel.

Quand il s'éveilla, l'enfant ne remarqua pas tout de suite la présence de l'archimandrite. Il se frotta d'abord longuement les paupières, s'étira en tout sens et, après s'être accoutumé à la lumière, leva les yeux vers l'homme qui se tenait debout face à lui.

— Qui êtes-vous ? demanda-t-il, avec un peu d'inquiétude dans la voix. Et d'où venez-vous ? Je ne vous ai jamais vu ici.

L'enfant parlait grec.

— Mon nom est Vassili Evangelisto. Je suis arrivé aujourd'hui même sur l'île et je viens de très loin.

— De l'autre côté de la mer ?

— De plus loin encore.

— De l'autre côté du monde ?

— En quelque sorte, oui.

Puis, se faisant plus curieux, Vassili Evangelisto demanda :

— Comment se nomme cette île ?

— Labyrinthe.
— Et ce village ?
— Labyrinthe.
— C'est étrange. Je n'ai jamais entendu parler d'une île portant ce nom. Sommes-nous dans les Cyclades, les îles Ioniennes ou le Dodécanèse ?
— Je n'en sais rien.
— Et toi, quel est ton nom ?

L'enfant hésita un instant, puis comprenant que l'archimandrite ne lui voulait aucun mal, répondit :

— Je me nomme Nikos Tsovilis.

Le religieux acquiesça d'un signe de tête puis demanda :

— À propos, quel jour sommes-nous ?

Nikos jeta un regard étonné à Vassili Evangelisto, comme s'il ne comprenait pas ce que cet étrange personnage voulait dire. Puis il parvint à articuler :

— Je n'en sais rien. Ici, le temps est soumis à un étrange sortilège.

Cette fois, ce fut à l'archimandrite de paraître surpris. Se rapprochant de lui, il posa une main sur son épaule et dit :

Le Labyrinthe du temps

– Est-il possible que tu dises la vérité ? Pourquoi donc le temps serait-il perturbé sur cette île ?

Mais l'enfant, sans doute lassé de toutes ces questions, ne répondit pas. D'un geste leste, il se dégagea, s'enfuit de l'église en courant et disparut dans les ruelles du village.

Par la suite, les habitants de l'île vécurent comme s'il ne s'était jamais rien passé d'exceptionnel, vaquant à leurs occupations quotidiennes, ignorant tout du sortilège qui les avait frappés et tenus à l'écart du monde pendant si longtemps. C'est à peine s'ils prêtèrent attention à Vassili Evangelisto qui parcourait le village en tout sens.

– Où sommes-nous ? demanda le religieux à un forgeron qui battait un fer à cheval sur une enclume.

– Dans l'île de Labyrinthe, répondit l'homme sans même lever les yeux de son travail.

Ainsi Nikos n'avait pas menti. En revanche, si le forgeron confirmait cette information, il ne semblait pas en mesure de fournir le moindre renseignement géographique.

— Où se trouve donc cette île ?

Le religieux avait déplié devant lui une carte du monde qu'il avait dessinée dans son monastère de Novgorod, mais la réponse du forgeron fut évasive :

— Quelque part par-là, dit-il en désignant le nord de la Crète. Je n'en sais pas plus.

— Et cela ne vous gêne pas d'habiter une île que vous ne parvenez même pas à situer sur une carte ?

— Non, à quoi cela servirait-il ?

— Vous voulez dire que vous n'avez jamais bougé de cet endroit ?

— Bien entendu. Personne n'a jamais eu envie de partir d'ici. Et puis, même si nous le voulions, nous ne le pourrions pas.

— Pourquoi donc ?

Lassé par les questions du religieux, le forgeron conclut :

— Si vous voulez en savoir plus, adressez-vous au gouverneur.

IV

Après trois jours de jeûne et de prières, Vassili Evangelisto décida de suivre le conseil du forgeron et de se rendre au palais afin de demander audience. Trois jours passés à réfléchir et à se demander pourquoi il se trouvait en ce lieu, durant combien d'années le temps s'était arrêté, et s'il ne rêvait pas tout éveillé.

En arrivant devant l'édifice aux murs blancs, Vassili Evangelisto découvrit, à sa grande stupeur, que sa visite était annoncée. Une foule de curieux s'était massée sur la place principale du village dans l'attente de sa venue. Cerné par les villageois qui le dévisageaient comme une bête curieuse, l'archimandrite parvint cependant à se frayer un chemin, rejoignit le vestibule, et gravit les escaliers menant au premier étage du palais.

Le Labyrinthe du temps

L'homme à l'uniforme anthracite aperçu le premier jour le reçut dans la grande salle, assis dans son fauteuil aux formes singulières. Il s'appelait Anastasio Karanis et arborait la mine réjouie d'un être qui voit enfin un désir ancien se réaliser après de longues années d'attente.

— Ah ! Voici donc mon successeur ! Eh bien, on peut dire que vous vous êtes fait espérer ! s'écria-t-il en recevant l'archimandrite à bras ouverts.

— Successeur ? s'étonna aussitôt ce dernier en haussant les sourcils. Pardonnez-moi, mais je ne comprends pas.

Cette fois, ce fut au tour de Karanis de paraître étonné.

— Vous vous appelez bien Vassili Evangelisto ?

— Oui. C'est mon nom, mais comment savez-vous...

— Dans ce cas, il n'y a aucun doute. Vous êtes bien l'homme que j'attendais.

Comme l'archimandrite était incapable de proférer la moindre parole, son interlocuteur sortit de sa poche la lettre qu'il avait tenue à la main pendant son long sommeil et la lui tendit.

— Tenez. Lisez ceci.

Le Labyrinthe du temps

Le religieux s'exécuta et, cette fois, parvint à déchiffrer la lettre en entier. Il sut alors que Karanis ne lui avait pas menti car la missive était en tout point formelle : elle le désignait, lui, Vassili Evangelisto, comme gouverneur de l'île de Labyrinthe.

— Pardonnez-moi, mais je ne comprends toujours pas.

— Il y a bien des choses que je n'ai jamais comprises depuis que je demeure ici, ajouta l'homme à l'uniforme anthracite avec un sourire. C'est comme si Dieu jouait avec ses créatures et qu'il tirait les ficelles depuis l'autre monde.

Devant la mine ahurie du religieux, Karanis se fit plus précis.

— Pour tout vous dire, je savais depuis longtemps que vous viendriez un jour prendre la relève de ma charge. Et voilà qu'aujourd'hui, béni soit ce jour, vous êtes devant moi en chair et en os. Permettez-moi donc de vous souhaiter la bienvenue à Labyrinthe.

— Je suis confus, mais je ne comprends toujours pas ce que vous voulez dire.

— Bien sûr ! s'écria Karanis, c'est difficile à comprendre. Mais si vous voulez bien me suivre, j'ai quelque chose à vous montrer qui, sans doute, vous éclairera.

L'homme se leva de son fauteuil et invita l'archimandrite à le suivre dans une vaste pièce où les murs étaient recouverts de tableaux et les tables d'un fatras d'objets divers et de manuscrits. En son centre, une magnifique bibliothèque en bois de palissandre comprenait une quantité impressionnante d'ouvrages en tout genre.

— Voici le cabinet des merveilles. C'est là qu'est votre véritable place, là que vous gérerez toutes les affaires de l'île. Et c'est ici également que vous pourrez trouver tout ce dont vous avez besoin sur l'histoire de Labyrinthe. Avec ce livre, vous en apprendrez davantage que si vous aviez mille professeurs.

Le gouverneur lui tendit un lourd manuscrit relié de cuir sur lequel était écrit en lettres de sang :

Le Labyrinthe du temps

— Bizarrement, cet ouvrage est rédigé en espagnol. Vous le comprenez, j'espère ?

L'archimandrite répondit aussitôt :

— J'en possède quelques notions, ainsi qu'un

Le Labyrinthe du temps

peu de français, de grec, d'italien, d'anglais et d'arabe. Mais les deux langues dans lesquelles je m'exprime le plus aisément sont le russe et le latin.

– Veuillez donc lire le deuxième paragraphe de la page 77. Vous comprendrez mieux ce que j'ai voulu dire.

L'archimandrite, intrigué, s'exécuta, et ce qu'il lut le fit trembler des pieds à la tête, car il était écrit dans ce livre qu'un jour viendrait, après un très long sommeil, où un nommé Vassili Evangelisto, moine orthodoxe du monastère de Novgorod en Russie, mandaté par le Tsar afin de porter la bonne parole en terre d'Arabie, échouerait sur les rivages de l'île, libérerait Labyrinthe d'un étrange sortilège et serait nommé gouverneur. Tout cela était écrit, annoncé comme parole d'Évangile et ne portait aucune signature. L'archimandrite y vit le sceau de Dieu, aussi se signa-t-il et, refermant le livre sacré, s'adressa à son interlocuteur :

– Désormais, je comprends. C'est là le vœu des puissances divines.

– Acceptez-vous votre charge ? demanda Karanis.

Le Labyrinthe du temps

– Oui. Puisque le Créateur lui-même m'en intime l'ordre.

L'homme entrouvrit aussitôt les fenêtres du cabinet des merveilles, se précipita sur le balcon et, d'une voix sonore, s'adressa à la foule :

– Labyrinthe a un nouveau gouverneur ! Et il se nomme Vassili Evangelisto.

Au-dehors, la foule répondit par un long cri, saluant la sage décision du nouvel arrivant qui, comme il était écrit dans le livre de la chronique de l'île, ne pouvait échapper à son destin.

Karanis se retourna alors vers le religieux et lui confia à voix basse :

– Je crois qu'ils vous attendent. Venez donc leur adresser un signe de paix.

Alors, titubant et hagard comme au soir d'une longue ivresse, mais porté par la foi qui l'animait, il se porta sur le balcon du palais et salua le peuple de l'île.

Une semaine après cette scène singulière, Karanis et Vassili Evangelisto, assis l'un en face de l'autre dans la grande salle du palais, se rencontrèrent une dernière fois.

Le Labyrinthe du temps

— Vous savez tout désormais, confia Karanis à son successeur. Et si vous ne connaissez pas encore chacun des habitants de Labyrinthe, tout le monde vous connaît. C'est l'essentiel. Le reste viendra à force de patience. Quant à moi, il est temps que je me retire et que je vous fasse mes adieux.

— Je croyais que personne ne pouvait quitter cette île.

L'homme feignit un demi-sourire.

— Je le croyais aussi. Mais, sans doute, me suis-je trompé.

Puis, tout en rassemblant ses affaires, il se porta au-devant de Vassili Evangelisto et posa sa main sur son épaule.

— J'oubliais une dernière chose.

— Je vous écoute.

— Je sais que vous avez apporté avec vous un coffret ayant appartenu à Tahar le Sage.

Encore une fois, la stupeur se lut sur le visage du religieux.

— Comment le savez-vous ?

— N'oubliez pas que tout est écrit dans *Le Labyrinthe du temps*. Ce que je voulais vous dire avant de vous quitter, c'est de vous méfier de cet objet

Le Labyrinthe du temps

pernicieux. Et pourtant, je sais pertinemment que vous ne cesserez de vouloir le découvrir.

Comme l'archimandrite restait sans voix, Karanis conclut :

— Je ne peux malheureusement pas vous en dire plus. Maintenant, vous ne verrez pas d'inconvénient, je suppose, à ce que je parte sur l'heure. Cela fait si longtemps que j'attends ce moment.

Anastasio Karanis regarda une dernière fois l'archimandrite dans les yeux et, se penchant vers lui, lui murmura à l'oreille :

— Pensez à ce que je vous ai confié. Ne tombez pas dans le piège du temps. Maintenant je vous dis adieu.

— Adieu, répondit Vassili Evangelisto d'une voix troublée. Que le Tout-Puissant vous ait en Sa Sainte Garde.

Karanis lui adressa un dernier regard, puis il quitta le palais. L'archimandrite le vit dévaler l'escalier de pierre jusqu'à la crique, embarquer à bord d'un petit bateau de pêcheur et disparaître à l'horizon pour ne plus jamais reparaître.

Le Labyrinthe du temps

Seul face au vertige de sa solitude, projeté avec violence dans les limbes de l'incompréhension et de l'incertitude, Vassili Evangelisto implora le Ciel, le suppliant de l'éclairer sur ce qu'il venait de vivre.

– Seigneur, pourquoi m'avez-vous jeté sur ce rivage ? Pourquoi moi ?

L'île fut soudain recouverte d'un nuage de papillons bleus. Tel un orage d'acier d'un bleu électrique, la nuée de coléoptères zébra le ciel et enveloppa l'horizon de millions d'ailes en mouvement, formant un éclair lumineux et diaphane qui voila un instant l'éclat du soleil avant de se disperser au-dessus de la mer.

Alors, comprenant que Labyrinthe était une ville régie par des forces supérieures, l'archimandrite résolut de ne plus s'étonner de rien et, après s'être un temps perdu dans les abîmes du doute, il prit ses fonctions sur l'île et devint le nouveau gouverneur de Labyrinthe.

Lors des premiers mois, il lui fallut réapprendre à vivre en compagnie des autres. Lui qui avait passé l'essentiel de son existence enfermé dans un monastère orthodoxe, avait perdu l'habitude du contact social. Côtoyer autant d'hommes, de femmes et d'enfants – il y avait plusieurs centaines de personnes sur l'île – lui parut dans les premiers jours de son sacerdoce une gageure, un défi impossible à relever.

Chaque jour, dès le lever du soleil, dans la salle de réunion du palais, il recevait les doléances des villageois. Quand sa charge lui en laissait le loisir, le nouveau gouverneur se retranchait dans l'église où, avec ardeur, il tentait de redonner un lustre éclatant à cet édifice oublié de tous. Ainsi entreprit-il de blanchir les murs à la chaux, de donner une patine nouvelle au sol de terre rouge, de lustrer les cuivres et redorer les ors. La petite église, dont les fenêtres étaient ouvertes à toutes les brises marines, retrouva sa fraîcheur d'antan en quelques semaines d'un labeur acharné. Car si l'extérieur était resté indifférent au temps, l'intérieur avait étrangement vieilli.

Les semaines qui suivirent, Vassili Evangelisto se réfugia dans la prière et tenta d'exhorter les habitants de l'île à se tourner vers la foi. Il

Le Labyrinthe du temps

institua un calendrier religieux, rappela à chacun la nécessité d'observer les strictes règles de la chrétienté et se voulut pour tous un père spirituel.

Ce fut un échec. À peine s'intéressa-t-on à ce nouveau calendrier qui, pour l'essentiel de la population, ne voulait rien dire. À peine se pencha-t-on sur la bible de Dimitri, ou sur le petit saint Christophe en argile que le religieux avait installé à l'entrée de l'église, à l'exception de quelques vieilles femmes qui, plus pour se désennuyer que par conviction profonde, se rendirent à l'office dominical. Le reste de la population avait mieux à faire que prier ou louer le Seigneur.

– Nous avons besoin d'un gouverneur, pas d'un prêtre, dirent certains.

Ce qui fit regretter à d'autres les temps anciens où Karanis les laissait rêver en paix.

Las et déçu de leur attitude, l'archimandrite consacra ses soirées à étudier, dans le cabinet des merveilles, les écrits de la chronique de l'île.

C'est là, par hasard, qu'il découvrit un soir au détour d'une page du *Labyrinthe du temps* l'histoire du coffre de Tahar.

Le Labyrinthe du temps

« *Il existe par le monde trois petits coffrets ayant appartenu à un magicien arabe. Trois coffrets, grands comme une boîte à bijoux, dont chacun renferme une clef.* »

Il comprit aussitôt que ces lignes parlaient de Tahar le Sage.
— Il y en a donc trois... et chacun renferme une clef, répéta l'archimandrite, les yeux écarquillés. Et moi qui croyais qu'il n'en existait qu'un unique exemplaire.
Puis il poursuivit sa lecture :

« *Le premier est en olivier. Le second en cèdre. Et le troisième en ébène.*
Chaque coffret comprend sept serrures à combinaison multiple, avec un choix de chiffres allant de 1 à 9. Une seule et unique combinaison permet d'accéder à la clef qu'il contient.
Celui qui possédera les trois clefs enfermées dans les trois coffrets pourra enfin accéder au véritable coffre de Tahar et trouver le trésor de vérité. »

Le Labyrinthe du temps

Cette fois, Vassili Evangelisto se sentit défaillir.

– Le trésor de vérité... il s'agit donc d'un trésor.

N'y tenant plus, il lut la suite jusqu'à la dernière ligne.

« Tahar le Sage est un magicien qui vécut, il y a plus de deux mille ans de cela, en Haute-Égypte. Cet homme hors du commun passe pour l'un des plus brillants esprits de son temps : lettré, mathématicien, stratège, alchimiste, inventeur, ébéniste, peintre et sculpteur de renom, il parcourut le monde pour rassembler une somme de connaissances considérables et vécut jusqu'à l'âge de quatre-vingt-dix-neuf ans. À son actif, plusieurs ouvrages traitant de magie, de sciences, d'alchimie et d'horlogerie, livres malheureusement disparus dans le grand incendie de la bibliothèque d'Alexandrie. On lui doit également les premières serrures en bois avec affichage numérisé, dites serrures lacédémoniennes à choix multiples. Mais il est surtout connu pour le texte du trésor de vérité.

Le Labyrinthe du temps

Le trésor de vérité constitue l'un des textes les plus importants depuis la création du monde, car pour certains il renferme le secret du Temps.

Après la mort de Tahar, ce texte précieux et unique fut enfermé dans un coffre de bois et offert au prince d'Égypte. Par malheur, il fut volé par des brigands et retrouvé un siècle plus tard dans la tombe d'un pharaon noir habitant les sources du Nil. Puis il fut dérobé de nouveau et vendu à un marchand maure contre une poignée de pièces d'or, marchand qui le céda à son tour à un antiquaire de Tyr. Par la suite, le coffre fut aperçu à Jérusalem, à Damas, au Caire, pour finir dans la vitrine d'un collectionneur richissime du Liban. Ensuite, on perdit sa trace, pour la retrouver quelques siècles plus tard lorsqu'il fut découvert sur un marché de Samarkand. Acheté par un militaire britannique qui l'offrit au Consul anglais de Téhéran, il prit la route de l'Angleterre en compagnie de son nouveau propriétaire qui embarqua à Saint-Jean-d'Acre pour rejoindre l'Europe. Malheureusement, le Consul anglais n'arriva jamais au terme de

Le Labyrinthe du temps

son voyage et, à partir du jour où son bateau sombra dans les eaux de la Méditerranée, plus personne ne revit jamais le coffre de Tahar.

Quant aux trois coffrets en olivier, en cèdre et en ébène renfermant les clefs lacédémoniennes, on les croise quelquefois dans les écrits de certains voyageurs, surtout en Europe et en Afrique. Mais personne n'a jamais réussi à les rassembler tous les trois et encore moins à en percer les secrets. Ce qui laisse à penser que le trésor du coffre de Tahar le Sage est perdu à jamais. »

L'histoire finissait là. Le reste du livre était constitué de pages blanches. Intrigué, il le referma et, l'esprit embrumé, se prit à rêver au trésor de vérité, ce texte mystérieux perdu pour tout le monde, mais qu'il sentait si près de lui.

Les jours suivants, l'archimandrite fut hanté par ce qu'il avait découvert et par les énigmes qui se présentaient. Pourquoi le Grand Livre de la Chronique de Labyrinthe était-il incomplet ? Quel était ce trésor de vérité ? Où était

Le Labyrinthe du temps

ce fameux coffre ? Et les deux coffrets contenant les clefs qui en défendaient l'accès ? Comment découvrir la combinaison ?

Il en perdit le goût du sommeil et relégua au second plan ses tâches administratives. Il lut et relut l'histoire de Tahar. Enfin, un soir, n'y tenant plus, il résolut de se pencher sur le problème de l'ouverture du coffret en olivier, conscient qu'il s'essayait à un jeu diabolique.

Après s'être enfermé dans le secret du cabinet des merveilles, il tenta de percer les mystères des sept serrures. Pendant près de trois nuits, sans trêve ni repos, il lutta avec cet objet mystérieux, sans jamais parvenir à ouvrir la moindre serrure. Il utilisa tous les stratagèmes, jusqu'à calculer le nombre de combinaisons possibles et le temps qu'il lui faudrait pour les essayer toutes. Mais ce dernier chiffre lui parut si vertigineux qu'il jugea plus sage d'y renoncer, estimant qu'il serait mort avant de parvenir à la moitié de ce labeur. Il étudia, à la lueur d'une bougie, des passages de la Kabbale, du Zoroastre et des extraits du Grand Œuvre, tous ces ouvrages constituant le fonds unique de la bibliothèque du cabinet des merveilles.

Le Labyrinthe du temps

Malgré tous ses efforts, il n'obtint aucun résultat, car les écrits des savants alchimistes parlaient de tout, sauf du coffre de Tahar le Sage.

Loin d'abandonner, il délaissa le monde matériel pour celui des esprits. Se jetant à genoux sur le sol, il se mit à invoquer les puissances divines, à réciter sans relâche des prières, des psaumes et des élégies. Puis, en pénitent, il décida d'emprunter, toujours à genoux, le chemin du pèlerinage le plus ardu de l'île : celui qui partait de la crique du Diable et menait devant l'église. Cela ne lui procura rien d'autre que des douleurs aiguës et des emphysèmes, des croûtes et des escarres qu'il lui fallut soigner par des bains de vinaigre perlé adouci de fleurs d'oranger, des compresses de laurier et des massages aux huiles essentielles d'angélique.

Enfin, comprenant qu'il avait fait fausse route, une nuit, il eut une illumination. Et, tel Alexandre tranchant le nœud gordien, dans un geste de rage et de colère, il empoigna une massue et s'apprêta à fracasser le coffret en mille morceaux. Il ne renonça qu'au dernier instant, brusquement conscient qu'il risquait de briser la clef de bois cachée à l'intérieur.

Se souvenant que son prédécesseur l'avait mis en garde contre les pouvoirs maléfiques du coffret de Tahar, Vassili Evangelisto rangea l'objet dans le double-fond d'un tiroir de la commode de sa chambre et, après s'être signé à plusieurs reprises, choisit de s'en retourner à des occupations beaucoup plus raisonnables.

— Tout cela ne sert à rien, dit-il, soudain assagi, car même si je parvenais à l'ouvrir, il me faudrait encore les deux autres clefs. Or je ne sais pas où se trouvent les deux autres coffrets. Et même si je parvenais à les trouver et à les ouvrir, réunissant les trois clefs nécessaires, je n'ai aucune chance de trouver le véritable coffre de Tahar qui, en ce moment, doit reposer quelque part par mille mètres de fond. Tout cela est absurde. Au diable, le trésor de vérité.

Alors, oubliant un temps ses espoirs chimériques, ses illusions et ses rêves de trésor, l'archimandrite reprit goût à la vie. Il en délaissa même les mystères de Tahar le Sage, du sortilège du temps et du Livre incomplet de la Chronique de Labyrinthe.

V

L'année qui suivit fut celle des naufrages. Au large de la crique du Diable, vaisseaux, galions et goélettes se fracassèrent les uns après les autres sur les écueils ceinturant l'île comme la muraille d'une forteresse. Ainsi vit-on plusieurs bateaux à qui la malchance avait servi de boussole s'échouer sur l'île, la coque éventrée, les mâts brisés, jetant pêle-mêle sur le rivage objets et passagers.

Ce fut l'année des arrivées merveilleuses, signalées chaque fois par une neige de papillons bleus recouvrant l'île, mais, aussi celle des prodiges : le vieux Costas, par une matinée d'été, fit une pêche miraculeuse, ce qui permit de nourrir les habitants de Labyrinthe pendant une saison entière. Manos Spitakis, le producteur d'olives, rentrant chez lui à la nuit tombée

Le Labyrinthe du temps

après s'être enivré d'ouzo, croisa sur sa route le fantôme de son arrière-grand-mère qui, le prenant pour son propre mari, l'injuria et le battit comme plâtre. Un jour même il se mit à faire nuit en plein midi, obligeant les coqs à chanter deux fois, les roses à refermer leurs pétales et les habitants à gagner leur lit plus tôt que de coutume.

L'île, régie par des lois relevant du monde des esprits, semblait vivre dans un enchantement permanent, réservant à chacun la part de merveilleux qui le délivrait de la banalité du quotidien. D'autant plus que, chaque semaine, de nouveaux « naufragés » venaient augmenter la population de Labyrinthe, créant un mélange et une richesse inouïs de cultures, de races et de langues diverses dans lequel l'archimandrite voyait l'édification d'une nouvelle tour de Babel.

– C'est extraordinaire ! fit remarquer Manos Spitakis. Pendant longtemps, personne n'est venu ici. Et maintenant, on dirait que l'île est devenue un véritable aimant pour les bateaux qui croisent au large.

Le Labyrinthe du temps

Le naufrage le plus spectaculaire eut lieu quelques mois plus tard lorsqu'une frégate se brisa en deux comme un fétu de paille, jetant plus de cent personnes à la mer. Par chance, presque tous survécurent et purent rejoindre la côte, formant la troupe la plus disparate car il s'agissait d'un bateau d'émigrants en route pour l'Amérique.

On les logea dans les vieilles maisons du village, ce qui permit aux maçons et aux charpentiers d'entreprendre le plus vaste chantier du siècle. Chaque jour, de l'aube jusqu'au crépuscule, ce fut un concert de marteaux, de scies, de pelles et de truelles, ponctué par le grincement de la poulie qu'on avait installée sur le promontoire rocheux, permettant de hisser au sommet du village les pierres que les ouvriers postés en contrebas arrachaient à la falaise.

– Encore dix naufrages comme celui-là, grogna Theodoros Larkevekos, le chef des maçons, et nous n'aurons plus de place.

Devant la régularité des naufrages et la diversité des arrivants, l'archimandrite se prit à réfléchir. Aucun hasard dans tout cela, mais une sorte de plan divin, de dessein qui échappait aux mortels. Il finit par déclarer :

— Je crois que cette île se trouve hors du temps et hors du monde.

Personne ne s'étonnait plus des phénomènes dont l'île était devenue coutumière, qu'il se mît à neiger des papillons bleus ou que le ciel devînt noir en plein midi.

— Ce qui ne peut être expliqué par la science, avait coutume de dire le religieux, relève du royaume de Dieu.

Parmi les légendes, les fables et les histoires propagées de bouche à oreille d'un bout à l'autre de l'île, ou racontait aussi que l'archimandrite savait déchiffrer les secrets des étoiles, connaissait les arcanes des courbes stellaires et devinait le futur dans la course des planètes. La vérité était plus simple : il était féru d'astronomie.

Dans le cabinet des merveilles, Vassili Evangelisto avait découvert un instrument qui, selon les habitants de l'île, possédait des pou-

Le Labyrinthe du temps

voirs magiques et sans aucun doute démoniaques.

– Erreur, leur dit l'archimandrite en leur présentant l'objet. Il ne s'agit aucunement d'un instrument du démon, mais d'un télescope en parfait état de marche.

Devant les visages incrédules il décida d'éduquer ces esprits livrés à l'ignorance du monde. Après un silence solennel, il leur annonça qu'il allait tenir conférence sur ce sujet et que tous étaient conviés.

Ce fut un grand jour. Ainsi leur apprit-il l'usage du télescope de Newton que son prédécesseur lui avait généreusement laissé avec le reste des trésors de cette étrange caverne d'Ali Baba qu'était le cabinet des merveilles ; il leur fit découvrir la science de la mécanique céleste et la place des étoiles dans le ciel, l'existence des constellations, des planètes et des météorites ; il leur farcit la tête de termes abscons comme périhélie, parallaxe, nadir, zénith, aphélie et apogée ; leur expliqua le principe des solstices et des équinoxes et conclut son brillant exposé avec une démonstration à petite échelle d'une éclipse solaire.

Le Labyrinthe du temps

Pour cela, l'archimandrite utilisa une bougie, trois blocs de pierre noire représentant la Terre, le Soleil et la Lune, et avec l'aide du jeune Nikos Tsovilis en qui il avait trouvé un assistant des plus fidèles, procéda au premier cours de science appliquée qu'ait jamais connu l'île.

Après quoi l'archimandrite leur fit essayer le télescope.

— Voyez comme les distances sont abolies, déclara Vassili Evangelisto.

Nikos, plus curieux que les autres, fut le premier à poser son œil contre la lentille grossissante et à apercevoir l'horizon.

— Magnifique ! s'écria-t-il. C'est comme si je me trouvais projeté à l'autre bout de la mer.

Déjà bousculé par les autres qui voulaient voir à leur tour, il releva la tête et demanda à l'archimandrite :

— Est-ce que cette machine permet de voir Dieu ?

Le religieux, troublé, posa sa main sur la tête du jeune garçon et répondit avec une certaine émotion :

— Sans aucun doute, mon enfant. Sans

Le Labyrinthe du temps

aucun doute... Cependant ce n'est pas dans le but d'apercevoir le Créateur que j'utilise cet instrument.

— Quelle est donc votre intention ? demanda Nikos.

Vassili Evangelisto se pencha vers l'enfant et murmura :

— Ce que je cherche à faire, vois-tu, c'est comprendre, sur l'échelle des latitudes et des longitudes, où se trouve précisément l'île de Labyrinthe.

Car à défaut de trouver les raisons qui l'avaient conduit en ce lieu, l'archimandrite avait choisi de localiser l'île. Pour cela, il disposait d'un télescope et d'un traité de marine, ce qui lui permit d'appliquer la méthode de calcul d'après la position des lunes de Jupiter. Cependant, il lui manquait une horloge donnant l'heure exacte afin de calculer avec précision la longitude de l'île. Or la clepsydre, après son long sommeil, perdait ou gagnait chaque jour plusieurs minutes sur le soleil.

Un matin, alors qu'il contemplait les eaux bleu turquoise de la Méditerranée, cherchant en vain à apercevoir contre l'horizon la présence d'une terre, l'archimandrite eut cette idée : « Ce qu'il me faudrait pour déterminer la position de cette île, c'est une horloge de marine. » Il n'en fallut pas davantage pour qu'il se lançât dans la construction de l'instrument en lequel il voyait le salut. Se souvenant des travaux du savant anglais John Harrison qui, quelques années plus tôt, avait présenté avec succès à la Commission royale des longitudes une horloge de marine d'une remarquable précision, il tenta de réitérer ce tour de force.

Avec les moyens du bord, fabriquant lui-même le remontoir, les aiguilles, le cadran et tous les mécanismes nécessaires à l'élaboration de ce chef-d'œuvre artisanal, consultant le soir venu les ouvrages de la bibliothèque du cabinet des merveilles dans l'espoir d'y trouver un quelconque traité d'horlogerie, il tenta d'inventer le mouvement perpétuel. Cette folie dura plusieurs mois d'un labeur acharné, requérant des heures et des heures de minutie et de concentration à la lueur d'une faible bougie posée sur sa table de travail. Et par la grâce conjuguée du temps et de la volonté, Vassili Evangelisto parvint à construire un prototype – qu'il baptisa « pendule de l'archimandrite » — pièce après pièce, démontant et remontant cent fois un rouage afin de le polir jusqu'à la perfection, se rapprochant un peu plus chaque jour de l'heure exacte.

Achevée, son horloge ne perdit que quelques secondes par jour sur le soleil. Nul doute que, partout ailleurs, cette invention lui aurait valu l'admiration des grands de ce monde, voire une bourse de l'Académie des sciences. Mais ici, sur cette île perdue, son génie restait — et resterait sans doute à jamais — incompris. Sa découverte ne franchirait pas les murs de ce cabinet de travail où il s'abîmait un peu plus chaque nuit dans un puits de solitude.

— Malgré tout, se complut-il à répéter à haute voix afin de se donner du courage, la reconnaissance n'est que peu de chose en comparaison de la satisfaction du travail accompli.

Hélas ! l'archimandrite ne devait jamais parvenir au terme de son ambitieuse entreprise. Alors qu'il s'apprêtait enfin à calculer la longitude et la latitude de Labyrinthe, le ressort principal de son horloge marine se brisa en deux, arrêtant net la rotation des aiguilles.

Le Labyrinthe du temps

– Par saint Dimitri ! s'écria le religieux. J'étais si près du but !

En dépit de ses efforts pour réparer la pendule, l'archimandrite comprit qu'il ne parviendrait jamais à déterminer avec précision la position de l'île et, furieux, décida de tout abandonner.

– J'en ai assez ! cria-t-il. Cette île peut aussi bien se trouver au diable !

Et dans un geste de colère, il balaya tout ce qui se trouvait sur sa table de travail : bougie, livres, cahiers de notes, outils et pièces d'horlogerie, sans oublier le prototype qui s'en alla s'écraser sur le sol, réduisant ainsi en miettes un dur labeur.

Après cette cruelle épreuve, qui mit ses nerfs à vif, le religieux gagna son lit et ferma les yeux. Pestant et maugréant contre ce temps perdu, vouant aux gémonies la passion dévastatrice qui l'avait poussé dans cette voie, il finit néanmoins par retrouver un semblant de sérénité et plongea dans les abysses consolateurs du sommeil.

Le lendemain matin, reposé mais toujours attristé par son échec, il fit une longue prome-

Le Labyrinthe du temps

nade au bord de la mer, le long de la crique du Diable. Il contempla les flots, huma l'air du large, s'émerveilla de la beauté du spectacle. Et soudain, au moment où il s'y attendait le moins, une lueur traversa son esprit.

– Comment n'y ai-je pas pensé plus tôt ?

Il se hâta vers le palais et revint quelques minutes plus tard, tenant à la main une bouteille qui renfermait un message de détresse écrit en plusieurs langues. Il prit un élan et lança à la mer la bouteille qui bientôt disparut vers un destin incertain.

– Quelqu'un la trouvera bien un jour, murmura le religieux. Et si je ne me suis pas trompé dans mes estimations, peut-être le monde comprendra-t-il où se trouve cette île. Et peut-être viendra-t-il nous sauver. (Dans un sourire, il ajouta pour lui-même :) Et si cela ne suffit pas, je sais ce qu'il me reste à faire.

Les jours suivants, Vassili Evangelisto, aidé de quelques hommes, installa un chantier de marine sur la plage de sable noir afin de conso-

Le Labyrinthe du temps

lider la chaloupe avec laquelle il était arrivé jusqu'à l'île.

– Que comptez-vous faire avec ce bateau ? lui demanda Nikos Tsovilis, intrigué.

Le religieux avoua qu'il s'était mis en tête d'entreprendre un voyage de reconnaissance en mer.

– Si cette île demeure inconnue, il doit en être autrement des terres qui l'entourent. En cherchant au nord, à l'est et à l'ouest, dussé-je remonter jusqu'au Bosphore, me perdre dans les criques de la côte turque ou m'engouffrer dans le détroit de Corinthe, par le Seigneur je finirai bien par découvrir un rivage répertorié sur une carte géographique. Et alors je pourrai déterminer avec exactitude la position de Labyrinthe. Et nous sauver tous du marasme de l'insularité.

– Si, bien entendu, vous revenez.

Vassili Evangelisto sursauta.

– Tu as raison, dit-il en regardant l'enfant. Si je reviens.

Une semaine plus tard, et malgré les risques que représentait ce voyage, Vassili Evangelisto

Le Labyrinthe du temps

jugea qu'il était temps de partir. Après avoir salué ses amis rassemblés sur la plage, il monta à bord de la chaloupe et prit la mer.

— Ne soyez pas dans l'inquiétude. Je reviendrai bientôt, je vous le promets. Mon voyage n'excédera pas une semaine.

— Et si dans une semaine vous n'êtes toujours pas de retour ? demanda Manos Spitakis.

— Alors il ne vous restera plus qu'à prier pour mon âme.

Et il prit la vague sous les regards pensifs du peuple du Labyrinthe, qui peu à peu s'éveillait au goût de la liberté, lui qui jusque-là s'était contenté de rester immobile à contempler l'horizon.

Le voyage de l'archimandrite ne dura que trois jours. Trois jours pendant lesquels, emporté par le tourbillon des vagues, il ne fit que tourner en rond autour de l'île, comme attiré dans une spirale infernale à laquelle il lui parut impossible de se soustraire. Après avoir tenté en vain de gagner le large, il résolut d'abandonner son projet et, se laissant porter par le courant, rejoignit la terre ferme.

Lorsque les habitants de Labyrinthe le

Le Labyrinthe du temps

découvrirent le quatrième jour, étendu de tout son long sur le sable noir de la crique du Diable, ils le crurent mort. C'était mal connaître Vassili Evangelisto qu'une santé robuste et une foi inébranlable avaient bien des fois sorti de situations périlleuses.

— Je suis vivant, eut-il la force de murmurer entre ses lèvres brûlées par le sel et le soleil.

Puis, épuisé par le terrible effort qu'il venait de fournir, il perdit connaissance. On le transporta à dos d'hommes tout au long des sept cent soixante-dix-sept marches de l'escalier reliant la plage au palais, et on l'étendit sur sa couche où il dormit sans s'éveiller durant trois jours et trois nuits. Après quoi on lui fit avaler du blanc d'œuf cru et du bouillon de poule à heures régulières pendant toute une semaine. Quand on jugea qu'il avait recouvré suffisamment de forces pour parler, on lui demanda avec curiosité :

— Alors, avez-vous découvert des terres dans les environs ?

Le religieux, encore tremblant de fièvre et pâle comme un mort, répondit avec tristesse :

— Hélas ! Non.

Le Labyrinthe du temps

Il leur révéla qu'il n'avait jamais pu franchir le tourbillon ceinturant l'île et que, selon lui, s'il était aisé d'aborder les côtes de Labyrinthe, il paraissait impossible d'en repartir.

— Mais pourtant, intervint une femme aux cheveux blancs, l'ancien gouverneur Karanis a bien réussi, lui, à s'échapper.

Le visage de l'archimandrite s'assombrit.

— Malheureusement non. J'ai aperçu l'épave de son bateau déchiquetée sur les récifs.

Cette nouvelle tragique fut accueillie par un concert de lamentations.

— Il doit bien exister un moyen de sortir d'ici ! s'insurgea la femme.

Devant la mine anxieuse de ses congénères, Vassili Evangelisto conclut, l'air las :

— Il faut nous faire une raison. Labyrinthe est un piège, et nous sommes tous condamnés à y mourir.

VI

L'un des derniers à s'échouer fut un bâtiment battant pavillon espagnol, en provenance d'Andalousie et chargé jusqu'à la gueule de tonneaux de vin de Malaga, de piments du pays Basque et de poissons séchés de l'Atlantique.

À son bord, le général Mendoza, sa femme Isabella et leurs trois filles. Une illustre famille de Madrid qui devait se rendre à Jérusalem pour un pèlerinage.

– Bienvenue sur l'île de Labyrinthe ! s'écria Vassili Evangelisto en les accueillant sur la plage.

Le général Mendoza eut un regard étonné, et demanda en espagnol :

– *¿ Donde estamos ?*

L'archimandrite lui répondit dans la langue de Cervantès :

– *En la isla de Laberinto.*

— Et où se trouve-t-elle donc, cette île ?
— J'allais vous poser la même question.

Devant la mine incrédule du général, de sa femme et de ses trois filles, Vassili Evangelisto préféra couper court.

— Venez jusqu'au palais vous restaurer et prendre un peu de repos. Ensuite, je vous raconterai ce que je sais. Et vous me direz d'où vous venez.

Malgré la fatigue et les émotions, le déjeuner s'éternisa jusque fort tard dans l'après-midi. Les trois jeunes filles, après avoir dévoré les abricots et les mandarines du dessert, choisirent de faire une promenade le long de la plage.

L'archimandrite, malgré son aspect sévère, plut au général Mendoza en qui il vit un lettré et un ardent défenseur de la foi chrétienne. Il fut heureux d'apprendre que l'île était régie par les soins de cet homme d'Eglise et qu'elle s'enorgueillissait de ne connaître ni guerre ni violence d'aucune sorte. En revanche, il le fut moins quand il sut qu'il était pratiquement impossible de la quitter sans risquer sa vie.

Le Labyrinthe du temps

– Il doit bien exister un moyen de franchir la barrière des récifs, dit le militaire en levant son verre et en se délectant d'une gorgée de raki. Il suffit de chercher une passe.

– C'est ce que je croyais. Mais force m'est d'admettre que je me trompais.

– Que voulez-vous dire, mon père ?

– Tous ceux qui ont essayé de quitter cette île n'ont pu franchir la muraille des vagues. Quant à moi, si je ne me suis pas noyé lors de ma tentative, c'est que le Seigneur veillait sur ma vie.

– Nous devons pourtant nous rendre en pèlerinage à Jérusalem.

Vassili Evangelisto lui jeta un regard attristé.

– J'ai bien peur, malheureusement, que ce voyage ne soit devenu impossible.

– Ce n'est pas une vague ou un récif qui m'arrêtera ! clama Mendoza en reposant fermement son verre.

– Il ne s'agit pas simplement de cela, risqua l'archimandrite d'une voix douce.

Et il lui expliqua tout ce qu'il savait du sortilège du temps et de la magie dont cette île semblait être l'objet.

Le Labyrinthe du temps

Mendoza respecta un long silence, puis il hocha la tête d'un air décidé.

— Pourtant, j'ai bien envie d'essayer, mon père.

— Nous ne bougerons pas d'ici, dit soudain une voix glacée.

C'était Isabella Mendoza qui, n'ayant rien perdu de la conversation, avait choisi d'intervenir.

— Pourquoi donc ? demanda le général, surpris par l'attitude de sa femme.

— Parce que j'en ai assez de tes folies.

— Mais c'est toi qui voulais aller à Jérusalem...

— Au diable Jérusalem ! Puisqu'il est dangereux de s'aventurer à quitter l'île, je préfère rester ici plutôt que de prendre le risque de périr en mer.

Le général essaya bien de convaincre son épouse, mais le ton inflexible de celle-ci lui imposa silence.

— Souviens-toi des paroles du marchand italien, lâcha-t-elle. Nous n'avons jamais été aussi proches de la vérité.

Puis, sèchement, elle claqua la porte de la

Le Labyrinthe du temps

salle à manger et on ne la revit plus de toute la journée.

Les deux hommes se dévisagèrent, gênés. Et chacun reprit du raki.

— Qu'a donc voulu dire votre épouse en évoquant ce marchand italien ? osa demander le gouverneur.

Mendoza eut un mouvement de recul. Puis son front se couvrit de sueur.

— C'est une vieille histoire, qui ne saurait vous intéresser, j'en suis sûr.

— Bien au contraire, dit Vassili Evangelisto, en emplissant à nouveau les verres, je meurs d'envie de l'entendre.

Alors, avec émotion et une visible nostalgie des rivages de sa jeunesse, le général se livra au piège des souvenirs.

Avant de devenir cet officier à la retraite dont le seul désir était de voyager, le général Alberto Eugenio Mendoza avait été un militaire qui n'avait livré aucune bataille, si ce n'est celle, éternelle, de survivre dans un monde qu'il ne comprenait pas et qui lui semblait se déliter. Son unique exploit, à l'époque où il n'était qu'un caporal de garde, avait été de déjouer un attentat contre le roi d'Espagne, lors d'une représentation d'opéra au Théâtre national de Madrid où un jeune insurgé avait voulu inscrire son nom dans l'Histoire à la pointe d'un poignard. C'était compter sans l'œil aiguisé de Mendoza qui, plus rapide que le régicide, s'était précipité sur lui et l'avait plaqué à terre au moment précis où celui-ci s'apprêtait à plonger dans la poitrine du Roi une lame en acier de Tolède.

— Caporal, avait dit le monarque en s'adressant à Mendoza lorsque l'insurgé fut maîtrisé et emprisonné, vous venez de me sauver la vie.

— Majesté, je n'ai fait que mon devoir.

Le Roi avait acquiescé d'un signe de tête. C'est alors que Mendoza, conscient qu'une telle occasion ne se représenterait plus, avait ajouté :

— Mais si vous me nommiez général, je ferais en sorte qu'il ne vous arrivât plus rien de semblable à l'avenir.

Ce fait d'armes, qui lui avait valu titre, honneurs et médailles, l'incita par la suite à se rendre régulièrement au Théâtre national, moins dans le but d'assister aux spectacles que dans le dessein d'entretenir la légende qui auréolait son nom. C'est pourtant là, lors d'une soirée de ballet, qu'il rencontra une danseuse étoile dont il devint fou amoureux.

Elle se nommait Isabella Escobar et avait dix-neuf ans. Elle semblait promise à l'avenir le plus radieux, au destin le plus triomphant, et songeait à bien des choses excepté à se marier. À l'issue de la représentation, le général Mendoza lui fit parvenir un bouquet de quatre-vingt-dix-neuf roses d'un rouge sombre, accompagné d'une carte au contenu succinct :

« *De la part de votre futur mari,*

ALBERTO EUGENIO MENDOZA
Général de la garde du Roi d'Espagne. »

Tout était dit en sept mots. Le premier réflexe d'Isabella fut pourtant de déchirer le billet avant de le jeter à la poubelle. Cependant, le parfum entêtant de ces quatre-vingt-dix-neuf roses et le geste qui ne manquait pas de pana-

Le Labyrinthe du temps

che l'inclinèrent à réfléchir. Elle fit savoir à l'envoyeur qu'elle acceptait un rendez-vous pour le lendemain après le spectacle.

Elle le reçut donc dans sa loge, vêtue d'un peignoir de couleur fuchsia, une légère étoffe de lin qui épousait les courbes de son corps et la rendait terriblement attrayante. Le général Mendoza lui, engoncé dans son uniforme, se sentait aussi raide que la justice. Elle le trouva un peu âgé, mais plutôt à son goût et charmant à bien des égards.

— Une coupe de champagne ? proposa Isabella.

— Volontiers, acquiesça le général.

Lorsqu'elle se pencha vers lui en lui tendant un verre, Mendoza aperçut, dans l'échancrure du peignoir, un sein nu à l'aréole brune. Le souffle court, l'estomac noué, il ferma les yeux et imagina comme il serait doux d'y poser sa tête et de s'endormir contre ce cœur palpitant.

— Pourquoi quatre-vingt-dix-neuf roses ? demanda soudain la danseuse avant de tremper ses lèvres dans sa coupe.

— Parce que c'est exactement le nombre d'années qu'il nous reste à vivre ensemble.

Le Labyrinthe du temps

Isabella éclata de rire.
– Vous plaisantez, j'espère ?
– Pas le moins du monde.
– Quel âge avez-vous ?

Mendoza avait quarante-trois ans, mais comme ses tempes étaient encore d'une belle couleur de jais, et que son visage ne portait aucune trace des outrages du temps, il répondit avec aplomb :

– Je viens d'avoir trente-huit ans. Et je crois savoir que vous n'en avez pas encore vingt.

– C'est exact, fit Isabella, amusée du tour fantaisiste et insolite que prenait la conversation. Ce qui vous ferait vivre jusqu'à cent trente-sept ans. Et moi jusqu'à cent dix-huit. Cela me paraît déraisonnable.

– Au contraire. C'est un chiffre tout à fait sensé. Ma grand-mère a vécu jusqu'à cent dix-huit ans et est restée cent ans avec le même homme. Vous constatez donc que ma demande n'est pas si folle qu'elle en a l'air.

Cette fois, elle fut tout à fait charmée et ne put réprimer un sourire.

– Mais vous, croyez-vous réellement que vous vivrez jusqu'à cet âge canonique ?

Le Labyrinthe du temps

– Par amour pour vous, je m'y emploierai.

Un mois plus tard, dans une église madrilène située non loin de la Plaza Mayor, Isabella épousait le général Alberto Mendoza lors de noces grandioses qui durèrent plus de trois jours et au cours desquelles on déboucha plus de cent bouteilles de champagne de France, cinquante de vin blanc d'Aragon et cinquante de vin rouge de Castille. Les convives se souvinrent longtemps de l'orchestre qui avait joué sans discontinuer jusqu'à l'aube sur la terrasse ombragée du restaurant, emportant dans leur folie danseurs et danseuses. Enfin, au matin du quatrième jour, Alberto et Isabella Mendoza prirent un carrosse pour une destination inconnue.

– Où m'emmenez-vous ? demanda la jeune mariée.

Mais le général resta mystérieux :

– Là où doivent se rendre ceux qui s'aiment vraiment afin de sceller à jamais leur union.

Durant le reste du voyage, Isabella échafauda les hypothèses les plus diverses sans trouver de réponse. Ils traversèrent l'Espagne, puis la

Le Labyrinthe du temps

France et arrivèrent enfin en Italie. Cette fois, Isabella s'inquiéta :

– J'espère que vous n'avez pas envisagé de faire bénir notre union par le pape, dit-elle d'un ton effarouché alors qu'ils franchissaient la frontière des Alpes. Il n'est pas question que nous devenions la risée de l'Europe.

Mendoza lui livra enfin son secret :

– Non, rassurez-vous. Je vous emmène simplement à Venise.

Ils y passèrent les trois jours les plus extatiques de leur existence. Ils descendirent dans un petit hôtel situé à deux pas de la place Saint-Marc, visitèrent les musées et les monuments, se promenèrent le long de la lagune, se perdirent dans les ruelles de la ville, dînèrent dans les restaurants à l'ombre du palais des Doges, s'embrassèrent dans le secret des alcôves de pierre des maisons seigneuriales, jouèrent les personnages d'un autre siècle dans les jardins publics, s'enivrèrent de vin et de grappa, s'aimèrent dans les draps de satin de leur lit à baldaquin. De ces amours vénitiennes, marquées par le sceau flamboyant de la passion, naquit l'année suivante leur première fille.

Le Labyrinthe du temps

C'est alors, avant de rentrer à Madrid, que le général commit une folie qui, bien plus tard, devait lui coûter une retraite paisible et lui causer bien des ennuis. Dans une petite boutique d'une ruelle perdue de la cité des Doges, il fit l'acquisition d'un objet en bois finement ouvragé, ressemblant en tout point à un coffret à bijoux, et qui possédait sept serrures.

– Il paraît magique ! s'écria Isabella en le prenant dans ses mains.

– Vous ne croyez pas si bien dire, fit observer le marchand sortant soudain de l'arrière-boutique comme un diable de sa boîte. C'est un objet aux pouvoirs immenses.

Isabella sursauta et découvrit un vieil homme aux cheveux poivre et sel et aux favoris blancs s'avançant vers elle.

– Que voulez-vous dire ? demanda-t-elle.

L'homme, un sourire au coin des lèvres, se pencha vers la belle Madrilène et lui confia, comme s'il s'agissait d'un secret à ne divulguer sous aucun prétexte :

– Ce coffret en cèdre contient une clef qui, dit-on, permet d'accéder à un trésor.

– Dans ce cas, demanda avec raison le géné-

Le Labyrinthe du temps

ral, si cette clef est si précieuse, pourquoi le vendez-vous ?

Le marchand ne parut nullement désarçonné.

— Parce que je n'ai jamais réussi à découvrir la combinaison qui permet d'ouvrir ce coffret. Et que je n'ai plus l'âge des chasses au trésor. Voilà pourquoi cet objet se trouve en vitrine.

— Très bien, nous le prenons, trancha Isabella après s'être informée du prix.

— À la bonne heure, répondit le marchand.

Le général s'apprêtait à quitter la boutique, l'objet sous le bras, lorsque l'homme lui chuchota :

— Un jour, alors que vous aurez ce coffret avec vous et que vous serez dans un endroit insolite, vous vous demanderez ce qui vous arrive et ce que vous faites là. Ce jour-là, vous ne serez jamais aussi près de la vérité.

— Que voulez-vous dire ? demanda le général surpris par ce langage sibyllin.

— Rien de plus que ce que je viens d'exprimer, répondit-il en les poussant vers la porte. La vérité vient quand on ne l'attend plus. Je

Le Labyrinthe du temps

vous souhaite un bon retour, et que Dieu vous ait en Sa Sainte Garde.

Là s'achevait l'histoire. L'archimandrite chercha le regard du général.

— Ainsi, dit-il d'une voix dont il maîtrisait la fièvre, vous êtes en possession d'un des trois coffrets de Tahar le Sage. Celui en cèdre.

Mendoza parut se figer.

— Vous connaissez le nom de ce magicien arabe ?

— Mieux que cela, rétorqua l'archimandrite. Je possède moi aussi un de ces coffrets. Celui en olivier.

Le général ne put retenir un petit rire incrédule.

— Que me dites-vous là ?

— Tout simplement la vérité.

Et l'archimandrite de lui expliquer en quelles circonstances il en avait fait l'acquisition. Puis il l'alla chercher.

— Le voici, dit-il en déposant doucement l'objet sur la table.

Le général exhiba le sien et les compara.

Le Labyrinthe du temps

– Mon Dieu ! En tout point semblables, excepté le bois. L'olivier pour le vôtre et le cèdre pour le mien. Mais pourquoi parliez-vous d'un troisième...

– En ébène, le coupa l'archimandrite.

Devant la mine ahurie du général, il hésita quelques secondes puis ajouta :

– Je vais vous expliquer ce que je sais à propos de Tahar le Sage. Voulez-vous encore un peu de ce raki ?

Dans les semaines qui suivirent leur installation sur l'île, les Mendoza devinrent les amis intimes de l'archimandrite. Tandis qu'Isabella s'occupait de l'éducation de leurs trois filles dans la petite maison blanche qu'on leur avait attribuée non loin du palais, le général passait de longues heures en compagnie du religieux, le secondant dans la gestion des affaires de Labyrinthe. Le soir venu, à la lueur d'une bougie, il n'était pas rare qu'ils se penchassent tous deux sur les textes sacrés et les écrits des anciens, bien décidés à percer le secret des deux coffrets en leur possession. Ou bien ils profitaient de l'aube pour s'enfermer dans le cabinet des merveilles, épuisant l'une après l'autre les combinaisons possibles des sept serrures. Mais comme par extraordinaire, depuis l'arrivée de Mendoza sur l'île, la clepsydre s'était à nouveau bloquée, le temps paraissait figé, chaque jour ressemblait au précédent et leurs recherches restaient au point mort. Aucune serrure ne cédait, les coffrets demeuraient inviolables.

L'espoir menaçait de laisser place à l'accablement lorsque, le matin du 31 décembre de cette année miraculeuse, l'île fut à nouveau enveloppée d'une insolite pluie de papillons bleus.

– Que se passe-t-il ? demanda, affolé, le général qui assistait à ce spectacle pour la première fois.

– Ce n'est rien, le rassura Vassili Evangelisto. Un phénomène tout à fait habituel sur l'île. Il annonce un grand changement ou une arrivée bénéfique. Une de plus.

Mais Mendoza paraissait frappé d'extase.

– Je ne savais pas, murmura-t-il, que le ciel pouvait être de ce bleu.

Intrigué, l'archimandrite rejoignit le général

près de la fenêtre, et ce qu'il vit le pétrifia. C'était la première fois qu'il neigeait autant de papillons. Le jour s'était mué en nuit, mais une nuit d'un bleu étincelant.

— Eh bien, fit Vassili Evangelisto, je ne sais pas qui va arriver sur l'île, mais je peux prédire qu'il s'agit de quelqu'un d'important.

VII

Le dernier grand naufrage eut lieu ce jour-là, l'ultime jour de l'année, lorsque le capitaine Spyros Parga s'échoua sur les rivages de l'île alors que le village s'était endormi, bercé de rêves mystérieux.

Lui qui avait navigué sans encombre de la mer des Célèbes à celle des Sargasses, des Antilles jusqu'à la Nouvelle-Zélande, de l'île Sakhaline jusqu'à Gibraltar, lui qui avait croisé au large de l'île de Pâques – la terre la plus isolée du monde – doublé Pitcairn, franchi deux fois le cap Horn et établi deux circumnavigations complètes autour du globe parmi les courants contraires et les marées lunaires, lui qui avait côtoyé les froids polaires et les déserts arides de l'Afrique, qui avait marché sur les traces de Magellan et de La Pérouse, fut pris à son tour

Le Labyrinthe du temps

dans une furieuse tempête. Lorsque son navire se fracassa sur les rochers, il fut projeté dans les eaux démontées avec tout l'équipage de *L'Astrolabe*. Ainsi périrent ses dix-sept marins au large de l'île, alors que dans la nuit d'encre le vent plaquait l'écume sur les éperons de lave. Le capitaine Parga, unique rescapé, ne dut la vie qu'à la présence providentielle d'un tonneau d'aquavit. Au moment où son bateau disparaissait dans les profondeurs de la mer, il eut la chance d'apercevoir, flottant sur les eaux, ce radeau singulier. Il s'accrocha au tonneau et, l'esprit bientôt chaviré par les vapeurs d'alcool que dégageait cette chaloupe de fortune, il se mit à chanter des airs grivois tout en nageant vers cette terre inconnue. Lorsque le courant le fit échouer sur une langue de sable noir, près de la crique du Diable, le jour commençait à poindre et le vent balayait les derniers papillons bleus.

L'homme qui le découvrit n'était autre que le vieux Costas, le pêcheur d'éponges, qui raconta que Parga était si corpulent qu'il l'avait pris pour un animal marin. Après qu'on eut lavé le naufragé à grande eau, qu'on l'eut

Le Labyrinthe du temps

débarrassé de l'odeur entêtante des algues, qu'on eut frotté sa peau avec une brosse de crin, taillé sa barbe épaisse et coiffé sa tignasse, d'autres voix, féminines celles-là, dirent qu'il ressemblait à un dieu grec et qu'il n'y avait jamais eu, sur l'île, d'homme plus grand, plus fort et plus beau que le capitaine Spyros Parga.

Ce qui était incontestable. L'homme, une force de la nature, mesurait près de six pieds de haut, pesait son quintal et buvait chaque jour plusieurs litres d'aquavit, cet alcool redoutable qui l'avait préservé de la noyade, et qui constituait la cargaison de *L'Astrolabe* – plus de mille tonneaux. Le capitaine était en effet chargé de le transporter des étendues glacées de la mer du Nord jusqu'aux terres australes dans le but de lui faire franchir deux fois l'Équateur, ce qui avait le pouvoir de le bonifier, sans perdre un temps précieux à le faire vieillir.

Le chargement de *L'Astrolabe* ne fut pas perdu pour tout le monde. Quelques heures après le naufrage, le ressac rejeta dans la crique tous les trésors que contenait le navire, provoquant l'émerveillement de la population et la joie d'une ribambelle d'enfants qui se précipitèrent sur la plage comme une nuée de guêpes affolées par le miel.

Outre les trois cent vingt-sept tonnelets d'aquavit qu'on eut le bonheur de récupérer intacts et, par la suite, de mettre en perce afin d'en apprécier le contenu suave et ambré, on découvrit, parmi un bric-à-brac de malles et de coffres amarrés à des débris d'épaves, les objets les plus divers. Ainsi la mer rejeta-t-elle un astrolabe en bronze doré, une boussole chromée dont l'aiguille affolée tournait en toupie sur son axe – comme pour prouver, s'il était besoin, que l'île de Labyrinthe se trouvait en dehors des champs magnétiques connus –, un sextant dont le limbe gradué était en or, une longue-vue, un héliographe, un cadran solaire, une carte marine couvrant l'étendue de l'océan Pacifique, un bicorne de feutre noir, un scarabée d'or dans un écrin de jade, un miroir surmonté d'un aigle, un coffret en bois de santal renfermant un jeu d'échecs et ses trente-deux pièces en ivoire, six statues africaines, une représentation de la Vierge noire de Vilnius et,

Le Labyrinthe du temps

merveille des merveilles, une réplique au dixième du globe terrestre géant du moine vénitien Coronelli.

– Voici donc toute l'étendue de la Terre ! s'émerveillèrent les habitants de l'île devant le globe de Coronelli, décontenancés d'apprendre à la fois qu'elle était ronde, que l'océan n'était pas sans limites et que toutes les îles y étaient référencées, à l'exception de Labyrinthe.

Le capitaine Parga réunit tout ce qu'il avait pu sauver du désastre, puis rejoignit l'escalier de pierre conduisant au sommet de la ville. Il n'avait pas fait trois mètres qu'une voix s'éleva dans son dos :

– Vous oubliez le globe.

– C'est vrai, répondit le capitaine en revenant sur ses pas.

Et, d'une seule main, il souleva l'imposant objet. Il fit quelques mètres encore, puis se ravisant :

– Il est trop encombrant. Je viendrai le chercher plus tard.

L'homme proposa alors, en désignant son voisin :

Le Labyrinthe du temps

— Si vous le désirez, on peut le porter pour vous jusque là-haut.

— C'est bien aimable à vous. Passez devant et je vous suis.

Les frères Costas, par la suite, se demandèrent si le capitaine Parga ne s'était pas moqué d'eux. Car lorsqu'il fallut transporter le globe de Coronelli, on se rendit compte qu'un homme parvenait à peine à l'ébranler, deux à le soulever de terre et trois à le déplacer de quelques centimètres.

— Quel est donc ce sortilège ? tonna l'aîné des frères Costas.

— C'est bien simple, répondit le cadet, soit nous sommes des mauviettes, soit le capitaine est d'une force herculéenne.

On vit ce jour-là, le long des sept cent soixante-dix-sept marches de l'escalier, six hommes tentant de maintenir sur le bât d'un âne la masse imposante du globe de Coronelli qui bringuebalait à chaque pas. Cet étrange cortège finit sa course sur la place principale de Labyrinthe, là où Vassili Evangelisto et le général Mendoza les attendaient de pied ferme.

Après quelques échanges de politesse, le

regard du religieux fut attiré par la charge que portait l'âne.

— Quelle est donc cette merveille ? demanda-t-il en s'approchant.

— Une réplique du globe de Coronelli qui fut offert à Louis XIV par les Vénitiens, précisa Parga.

— Étonnant. Et moi qui cherchais depuis longtemps une représentation assez précise de la Terre afin de parfaire mes calculs sur la position de cette île.

— Pour cela, je dispose également d'un sextant, d'un compas, et de quelques ouvrages très utiles pour ce genre de calcul.

L'archimandrite et le général Mendoza échangèrent un regard de connivence.

— Je crois, capitaine, que nous allons pouvoir vous accepter parmi nous. Bienvenue à Labyrinthe.

Dès les premiers jours, le capitaine Spyros Parga provoqua un séisme permanent par son énergie exceptionnelle, son allégresse et son optimisme inébranlable. Chacun sut qu'une

Le Labyrinthe du temps

ère venait de prendre fin et qu'une autre naissait, frappée du sceau de l'espoir.

Quelque temps après l'arrivée de Parga, Vassili Evangelisto et Mendoza convièrent le capitaine à déjeuner dans l'enceinte du palais de Labyrinthe. Pour les remercier de cette invitation, Parga vint avec le fameux globe de Coronelli qu'il voulait à tout prix faire admirer à ses nouveaux amis. Ce fut un spectacle étrange que de voir déambuler dans les ruelles du village ce géant qui, comme Atlas, supportait à lui seul la voûte du ciel. Loin de ployer sous la charge, le capitaine sifflota et chantonna tout au long du parcours, sans montrer le moindre signe de fatigue, ce qui fit dire aux villageois, interdits, qu'il s'agissait là d'une nouvelle manifestation des miracles auxquels l'île de Labyrinthe était désormais accoutumée.

Après le déjeuner durant lequel Vassili Evangelisto et Mendoza avaient regardé, incrédules, leur invité dévorer sans reprendre son souffle vingt-quatre œufs, trois poulets entiers, une

Le Labyrinthe du temps

dizaine d'oignons, six melons d'eau et trois litres de vin, les trois hommes passèrent au salon afin de prendre le café. Tandis que l'archimandrite, occupé à contempler le fameux globe terrestre, faisait glisser son doigt de la Terra incognita de l'Afrique jusqu'aux lointains territoires de l'Océanie, Parga se mit à fureter dans le cabinet des merveilles, touchant, palpant de ses mains larges comme des battoirs, chacun des objets qui s'y trouvaient. Humant le parfum enivrant des hélianthèmes qui entrait par la fenêtre entrouverte, il caressait les tableaux et les livres dont la pièce était envahie, les inspectant sous toutes les coutures. Il fut intrigué un instant par un ouvrage imposant, relié pleine peau, au titre gravé à l'or fin : *L'horlogerie égyptienne...* et allait s'en saisir lorsqu'il interrompit brusquement son geste. Il fit deux pas en arrière et s'exclama :

– Par le feu Saint-Elme ! Si je m'attendais à ça !

– Qu'y a-t-il ? demanda l'archimandrite, sans quitter des yeux le globe de Coronelli sur lequel il était penché.

Le Labyrinthe du temps

Parga pointa un doigt énorme vers les deux coffrets posés sur une étagère.

— Les coffrets de Tahar !

— Vous connaissez leur existence ? demanda vivement Vassili Evangelisto.

— Mieux que ça ! éructa le capitaine Parga. Je sais où se trouve le troisième.

L'archimandrite en perdit la voix. Le général Mendoza, la gorge nouée par l'émotion, demeurait cloué sur place.

— Que dites-vous ? parvint-il à articuler. Vous savez *réellement* où se trouve le troisième coffret ?

Parga laissa éclater un rire sonore :

— Ici même ! Sous vos yeux !

Mendoza et l'archimandrite se consultèrent du regard... Le géant divaguait-il ?

Le religieux se rapprocha de lui, posa une main tremblante sur son épaule :

— Dans ce cas expliquez-vous, mon ami. Dites-nous où, je vous en prie.

Parga s'approcha du globe de Coronelli, actionna une petite trappe et en extirpa un coffret en tout point identique aux deux autres,

Le Labyrinthe du temps

à l'exception toutefois de sa couleur. Car ce dernier était en ébène d'un noir profond.

— Messieurs, annonça-t-il avec une certaine fierté en se tournant vers les deux hommes, voici donc le troisième coffret de Tahar le Sage.

Le général Mendoza se signa et remercia la Vierge. Il se serait même laissé aller à crier sa joie si la décence ne l'en avait empêché.

Mais leur gaieté fut de courte durée. L'archimandrite secoua la tête.

— À quoi cela nous sert-il si nous ne savons les ouvrir ?

Parga contempla la mine désolée des deux hommes, puis avec un large sourire :

— Qu'à cela ne tienne ! Je la connais, moi, la combinaison. Je la tiens de mon père, qui la tenait de mon grand-père, qui lui-même la tenait de mon arrière-grand-père Alexandros Parga, qui fit la découverte de ce coffre il y a cent cinquante ans et construisit de ses propres mains ce globe terrestre afin d'y cacher le fameux coffret.

Le général et le religieux se regardèrent. Puis, après un instant de réflexion, ils osèrent de concert :

Le Labyrinthe du temps

— Donc... vous connaissez la combinaison ?

— Bien entendu ! fit Parga, comme s'il s'agissait de la chose la plus naturelle au monde.

— Et... quelle est-elle ? demanda le général, au bord de l'apoplexie.

Le capitaine prit le coffret en ébène, le posa sur le bureau et, après s'être assoupli les doigts comme un pianiste un soir de concert, il positionna toutes les serrures sur le chiffre 7. Aussitôt, un déclic résonna dans le mécanisme, déverrouillant la serrure.

— Et voilà, le tour est joué. C'est aussi simple que ça.

À l'intérieur du coffret, la première clef lacédémonienne en bois apparut, baignée de lumière. Vieille de plusieurs siècles, elle était intacte.

L'archimandrite et le général demeurèrent interdits, comme des statues que l'on vient de boulonner sur leurs socles et qui resteront figées pour l'éternité. Sept fois le chiffre 7. C'était si enfantin qu'il y avait de quoi tomber à la renverse.

— Il suffit, je pense, d'appliquer la même méthode aux deux autres, dit Parga sans s'éton-

Le Labyrinthe du temps

ner le moins du monde du prodige qu'il venait de réaliser.

Et joignant le geste à la parole, il s'empressa de déverrouiller tour à tour le coffret en olivier, puis celui en cèdre, révélant les deux autres clefs lacédémoniennes.

– Par tous les saints, il a réussi !

Vassili Evangelisto, ému aux larmes, ne put retenir sa joie. Il joignit les deux mains et se mit à prier. Enfin, avec mille précautions, il prit l'une des clefs, contempla ce chef-d'œuvre façonné par le magicien égyptien – un trésor demeuré des siècles durant à l'abri du regard humain – et qui le rapprochait de Dieu.

VIII

Un siècle et demi plus tôt, l'arrière-grand-père de Spyros Parga avait croisé au large de l'île de Labyrinthe, sans savoir que son arrière-petit-fils y accosterait un jour, et sans savoir quel sortilège abritait cette terre perdue au milieu de la mer et pourquoi on ne la situait sur aucune carte marine.

Alexandros Parga n'avait d'ailleurs que faire de tout cela puisqu'il partait à la guerre contre les Turcs. Ayant quitté Athènes à bord d'un brick, au milieu d'une armada de navires, il avait choisi de faire route au sud-est afin de prendre l'ennemi à revers. Par malheur pour lui et son équipage, alors que leur bâtiment se trouvait isolé du reste de la flotte athénienne, deux navires ottomans lui donnèrent la chasse au large de la côte turque, le forçant à donner de la voile et à prendre la fuite en direction du soleil couchant. Passant au large de Labyrinthe, le brick et les deux navires ottomans furent piégés dans les tourbillons ceinturant cette terre. Les deux bâtiments turcs furent engloutis et seul le brick-goélette, plus léger, en réchappa, bien que ses deux mâts fussent brisés. Le bateau parvint à sortir de cette nasse et à s'éloigner vers le sud. Les rescapés, regroupés autour d'Alexandros Parga sur une embarcation devenue incontrôlable dans les courants, se laissèrent dériver pendant des jours sur une mer démontée, avant que leur bateau ne se brise sur les écueils de la côte d'Égypte.

Après avoir sauvé ce qui pouvait l'être de la cargaison, les marins abandonnèrent le brick qu'une gigantesque voie d'eau promettait à un naufrage imminent, et gagnèrent la rive à la nage.

À terre, le capitaine décida aussitôt de quitter la côte et de s'aventurer dans le désert. En dépit des exhortations de ses marins qui jugeaient prudent de longer le rivage, il partit seul.

— Vous avez tort de ne pas me suivre, leur

Le Labyrinthe du temps

dit-il en prenant avec lui quelques victuailles et assez d'eau pour survivre dans un enfer de rocaille porté au rouge par le tison du soleil.

— C'est vous qui vous fourvoyez, lui répondit un marin. Vous allez à une mort certaine.

Alors, sans se retourner, le capitaine avait pris la route des sables pour ne plus jamais revenir.

Le désert se referma sur lui comme un piège d'une atroce et lumineuse beauté, le crucifiant au feu du soleil, le ballottant d'une dune à l'autre dans un roulis de sable et de sécheresse, prisonnier d'une géographie en perpétuel mouvement, telle une mer changée en poussière dont les latitudes et les longitudes se déplacent au gré des vents.

Pendant les trois jours d'errance où toute notion du temps disparut, comme si les secondes et les minutes s'égrenaient dans un sablier sans fond, il marcha de jour comme de nuit, pris dans le douloureux vertige des hallucinations et des mirages. Lorsqu'il ne pouvait plus faire un pas sans trébucher, il s'accordait une trêve et, réfugié à l'ombre d'un rocher, s'endor-

Le Labyrinthe du temps

mait quelques instants avant de reprendre son chemin de Damas.

Enfin, à l'aube du quatrième jour, Alexandros Parga parvint sur l'une des rives du Nil. Là, à bout de forces, il s'écroula au milieu d'un campement de nomades.

Il fut recueilli par un vieux sage qui lui offrit l'hospitalité et entreprit de le soigner. Pendant toute une semaine, il dormit et recouvra des forces, nourri de miel, de citrons, de melons d'eau et de thé vert.

– Qui êtes-vous ? demanda-t-il un matin, en voyant, penché sur lui, un homme aux cheveux et à la barbe d'un noir profond qui parlait quelques mots de grec.

– Mon nom est Ibn Seoud et je suis le chef de ce clan. Nous sommes les fils d'Allah et les alliés des Turcs contre lesquels tu es parti en guerre.

Il était donc chez les Mahométans. En plein territoire ennemi.

– Comment savez-vous cela ? demanda Parga en se redressant brusquement sur sa couche.

Mais ses forces l'abandonnèrent et il retomba en arrière. Ibn Seoud posa alors la

Le Labyrinthe du temps

main sur son front brûlant de fièvre et aussitôt le mal disparut.

— Je sais bien des choses sur toi. Mais te révéler ton avenir ne servirait qu'à te rendre malheureux. Ici, il ne te sera fait aucun mal. Tant que tu resteras sous ma protection, tu ne craindras rien. Maintenant, repose-toi et prends des forces. Tu en auras besoin pour repartir.

Quelques jours plus tard, Alexandros Parga fut de nouveau sur pied et put traverser le campement des nomades, jusqu'à la tente du chef, sous le regard amusé des enfants et celui, apeuré, des femmes.

— Désormais, tu peux t'en aller si tu le désires, lui dit Ibn Seoud.

— Je partirai demain, dit Parga.

Ce dernier soir, lors du dîner qu'ils prirent au bord du Nil, assis sur des nattes, Ibn Seoud lui révéla que ses compagnons restés près de la côte, avaient été massacrés jusqu'au dernier.

— Le Sultan a cru que tes hommes débarqués de nulle part venaient en Égypte pour y semer la mort et la discorde.

Le Labyrinthe du temps

— Hélas ! s'écria le capitaine en plein désarroi. C'est donc moi qui avais raison.

Alexandros Parga se tourna vers le vieil homme, plongea son regard dans le sien et dit :

— Que dois-je faire maintenant que je suis seul ?

— Continuer ton voyage jusqu'à trouver l'ultime vérité.

— Que voulez-vous dire ?

Ibn Seoud se drapa dans sa couverture et, dans un demi-sourire, lui demanda :

— Connais-tu l'existence du coffre de Tahar le Sage ?

— Non.

— Alors, écoute-moi bien.

Et tandis que la nuit continuait sa course traversée d'étoiles filantes, l'Égyptien lui conta cette histoire qui prenait source aux origines du monde.

Lorsqu'il eut achevé son récit, Ibn Seoud lui confia un petit coffret en ébène dans lequel était enfermée une clef permettant d'accéder au trésor.

— À toi de trouver le coffre de Tahar. Il se

Le Labyrinthe du temps

trouve quelque part dans le monde et celui qui le possédera accédera au trésor de vérité.

– Pourquoi m'avoir confié ça à moi, un infidèle ?

– Parce que tel est ton destin. Et que je me dois de respecter les desseins d'Allah. Maintenant le moment est venu de nous dire adieu. Quand tu te lèveras demain matin, je ne serai plus là.

Ce furent ses derniers mots.

Le capitaine se leva, le salua avec respect et quitta la tente.

Le lendemain, alors qu'il s'apprêtait à quitter le campement, Alexandros Parga apprit avec consternation qu'Ibn Seoud était mort pendant son sommeil.

– Et voilà pourquoi je connais l'histoire de ce Tahar le Sage, conclut tranquillement Spyros Parga en dévisageant tour à tour ses deux interlocuteurs assis face à lui. Parce que mon arrière-grand-père généra cette quête du trésor de vérité. Et qu'il transmit son savoir à son fils, qui le transmit à mon père, qui finit par m'en

Le Labyrinthe du temps

confier le secret. Voilà pourquoi ce coffret ne me quitte jamais. Dans l'attente de trouver enfin le grand coffre dans lequel Tahar a déposé le trésor de vérité.

Puis, après s'être resservi un verre, il se leva de son fauteuil, s'approcha de la fenêtre entrouverte et, le visage baigné par la lumière intense de l'après-midi, contempla longuement la mer à l'horizon.

L'archimandrite sortit alors de son mutisme :

– Comprenez-vous ce miracle ?

– De quel miracle voulez-vous parler ? demanda Mendoza.

Le religieux, comme illuminé par une lumière divine, lui expliqua le fond de sa pensée :

– Comme si... une force supérieure nous avait tous trois projetés sur ce rivage dans le seul but de nous consacrer à cette quête du trésor de vérité. Comme si, réunis par ce que notre ignorance nomme le hasard, nous devions nous retrouver aujourd'hui même à parler du secret de Tahar le Sage et que tout cela – ce qui survient et surviendra désormais – était écrit depuis toujours.

Le Labyrinthe du temps

– Vous voulez dire, s'effraya Mendoza, que vous croyez à une destinée commune ?

– Cela me semble évident, continua le religieux. Comment se fait-il que nous soyons tous trois en possession d'un coffret et que nous nous retrouvions ici ?

Le capitaine Parga éluda d'un geste de la main :

– Destin ou pas, le trésor de vérité n'est pas encore en notre possession.

Mendoza dit alors d'une voix dépitée :

– Oui, nous possédons les trois clefs lacédémoniennes... et ne pouvons rien en faire.

L'archimandrite décida de taire le pire, à savoir que le trésor de vérité était peut-être perdu à jamais en pleine mer.

– C'est pourquoi, si vous le permettez, nous n'informerons personne de notre découverte. Par précaution, je garderai les trois clefs ici même au palais. Elles y seront en sécurité et chacun de nous pourra reprendre la sienne lorsqu'il le désirera. Il nous incombe, dorénavant, de nous mettre en quête du coffre de Tahar le Sage.

Le Labyrinthe du temps

Vassili Evangelisto enferma les précieuses clefs dans son coffret en olivier et tout fut dit.

Malgré la mise en garde de l'archimandrite, il fallut moins d'une journée pour que la population de l'île apprît l'histoire des coffrets. La rumeur se répandit dans le village comme une traînée de poudre, et chacun à sa manière embellit l'histoire fabuleuse du coffre de Tahar le Sage, de ses clefs lacédémoniennes et du trésor de vérité. On le devait à Parga qui, bien qu'il fût un homme de parole, n'avait jamais résisté longtemps à l'attrait de conter des histoires. Les siennes et les autres.

En vingt années de navigation erratique, quadrillant les mers et les océans du globe avec l'assiduité d'un géographe soucieux de répertorier sur ses cartes marines jusqu'au plus improbable des deltas de Papouasie, jusqu'à la moindre côte de Terre-Neuve ou la plus incertaine des passes de la Baltique, sublime explorateur traversant et retraversant inlassablement les lignes de longitude et de latitude comme s'il désirait apprivoiser le monde afin qu'au-

Le Labyrinthe du temps

cune terre ne lui soit inconnue, le capitaine Spyros Parga avait croisé la route de mille personnages, plus ou moins recommandables mais tous dignes de figurer au catalogue des êtres les plus fantasques.

— J'ai eu une vie extraordinaire ! disait-il à qui voulait l'entendre, lorsqu'il se trouvait au café du village, debout au milieu de l'assistance, l'esprit échauffé par l'alcool.

— Qu'est-ce donc qu'une vie extraordinaire ? lui demandait-on avec pas mal d'ingénuité et un peu de malice.

Alors Parga narrait par le menu, à un auditoire émerveillé par tant de faconde, de courage et d'esprit d'aventure, les récits des voyages qui avaient émaillé le cours de son existence, usant à profusion de mensonges et d'exagérations. Mais comme le géant jurait ses grands dieux que tout ce qui sortait de sa bouche était l'exact reflet de la réalité, et qu'il corrigerait d'importance quiconque le traiterait de menteur, il fallait bien accepter les faits.

Dans le florilège de ses histoires, certaines, odorantes et obsédantes comme les lys, se mirent à fleurir dans le jardin de la mémoire collective. On se racontait avec émotion les plus connues, de veillée en veillée, les classant par genre : romantiques, pathétiques, tragiques, comiques, sensationnelles et incroyables.

Certaines devinrent des légendes. Ainsi en fut-il de l'histoire du dauphin sauvant Parga de la noyade après un naufrage au large de l'Australie et lui évitant d'être dévoré par les requins. De celle des habitants du Vanuatu dont le jeu favori consistait à se jeter dans le vide du haut d'un échafaudage de bambous, attachés par une simple corde à la cheville. Ou encore du destin de ce bagnard croisé dans une taverne des Caraïbes et qui, lors d'une éruption volcanique, fut l'unique survivant parce que les murs de sa prison l'avaient protégé de la lave. De cet homme rencontré dans une taverne de Londres, portant sur sa poitrine le portrait de la Vierge, trace indélébile d'une médaille de baptême que la foudre avait gravée à jamais sur sa peau. Ou de ce terrible tremblement de terre, au Portugal, au cours duquel un homme resta trois jours enseveli sous les décombres, pour constater, enfin rendu à l'air libre, que la peur avait blanchi ses cheveux et lui don-

Le Labyrinthe du temps

nait l'allure d'un vieillard. Sans oublier cet orgue gigantesque construit par un luthier de Cologne, tellement imposant que, pour ne pas avoir à le déplacer, on avait choisi de construire la cathédrale autour. Et mille autres encore...

Certains buvaient chacune des paroles de ce conteur-né. D'autres vouaient aux gémonies ce soiffard à la langue trop bien pendue et, taxant ces prodigieux récits de contes à dormir debout de délires de mythomane, de racontars d'ivrogne, juraient qu'ils n'y prêteraient plus l'oreille. Parga, loin de se laisser démonter, hurlait à son tour que, si son imagination était aussi vaste que la Voie lactée, s'il lui arrivait parfois d'exagérer et d'enjoliver, ses récits étaient l'exact reflet de la vérité.

Du reste, cette querelle cessa bientôt. Car les histoires du capitaine Spyros Parga, qu'elles fussent réelles ou imaginaires, étaient le seul moyen de combattre le fléau de l'ennui. Ses histoires, et les questions que tous se posaient sur le grand coffre de Tahar le Sage.

Car il s'en trouvait toujours un, au cours de

Le Labyrinthe du temps

la soirée, pour lui demander d'une voix rendue plus ferme par l'alcool :

— Capitaine, si vous nous racontiez ce que vous savez au sujet du trésor de vérité. De ce coffre dont vous possédez les trois clés.

Alors Parga, malgré les recommandations de l'archimandrite, narrait l'histoire du coffre de Tahar le Sage.

Un soir, cependant, le capitaine Parga trouva un contradicteur à sa mesure.

— Tout cela, ce sont des contes à dormir debout, dit quelqu'un.

Le silence se fit. Le capitaine se tourna vers celui qui venait publiquement de le prendre à partie, le visage congestionné par la colère, et s'écria :

— Comment osez-vous ?

Tous les regards se tournèrent vers celui qui venait de parler. L'homme se tenait en retrait, assis à une table au fond de la salle, buvant du raki par petites rasades, le nez plongé dans un livre de poèmes.

C'était Dimitri Zakarias, le médecin de l'île. Toujours vêtu d'un complet beige immaculé, rasé de frais et chaussé de lunettes rondes, élé-

Le Labyrinthe du temps

gant et discret, le docteur Zacharias semblait pour la première fois sortir de son mutisme.

– Que voulez-vous dire ? tonna le capitaine en s'approchant de celui qui avait osé mettre sa parole en doute.

Le médecin prit le temps de feuilleter une dernière fois le recueil de poèmes qu'il était en train de lire avant de répondre d'une voix étrangement calme :

– Que vous êtes un fieffé menteur.

Un chuchotement offusqué traversa le café.

– Répétez un peu pour voir, lança le capitaine.

– Vous mentez comme un arracheur de dents pour vous rendre intéressant aux yeux de tous, dit le médecin sans se démonter, soutenant le regard de son adversaire. Je ne croirai au coffre de Tahar que lorsque je l'aurai vu.

– Et les trois clefs lacédémoniennes, qu'en faites-vous ?

– Billevesées. Il est facile de fabriquer trois clefs de bois et de prétendre qu'elles ont plus de deux mille ans.

Cette fois, tous pensèrent que ces deux-là allaient s'entre-tuer et qu'un nouveau cataclysme allait se produire, un tremblement de terre, une tempête, ou qu'un nouveau nuage de papillons bleus allait envahir l'horizon. Mais personne n'avait prévu que le salut viendrait du général Mendoza qui fit soudain irruption dans la salle enfumée du café.

Vêtu de son uniforme d'officier de la garde, impressionnant de dignité, il se dirigea tout droit vers Zacharias, comme s'il ignorait le reste de l'assemblée. Il se pencha vers lui et lui dit :

— Docteur, j'ai besoin de vous, il s'agit de notre gouverneur.

Le médecin se redressa, le regard plein d'inquiétude :

— Eh bien, que lui est-il arrivé ?

Comme Mendoza ne répondait pas, Parga envisagea le pire.

— Il est mort ?

— En quelque sorte, oui.

D'une voix blanche, il ajouta :

— Il est pris par les fièvres.

IX

Lorsque Parga, Zakarias et Mendoza parvinrent au palais, ce fut pour découvrir avec effroi Vassili Evangelisto étendu sur son lit, pâle comme un linge, les yeux fermés et le souffle court, incapable de se lever, ni de proférer la moindre parole. Il fut soudain secoué de spasmes, mâchoires serrées et poings crispés, puis se tint roide comme un mort et ne bougea plus.

— Étrange, s'étonna Parga. C'est comme s'il avait été victime d'une malédiction.

Le médecin se pencha alors vers le gouverneur et l'ausculta de longues minutes, dans le plus profond silence. Lorsqu'il eut enfin terminé, il se redressa et, les sourcils froncés, annonça :

— Il s'agit de fièvres vespérales, compliquées sans aucun doute de péristaltisme intestinal.

— C'est-à-dire ? demanda aussitôt Mendoza que ces termes abscons n'éclairaient pas.

— L'archimandrite est victime de la plus maligne des fièvres.

— Et quelle en est la cause ?

Zakarias hésita quelques secondes, puis, s'efforçant d'être compris par tous :

— Elles peuvent être diverses : un dérèglement du métabolisme, une extrême fatigue ou un empoisonnement alimentaire. Ce qui est certain, en revanche, c'est que le sujet perd pied avec le réel, sa température s'élève anormalement, ce qui engendre des spasmes, des hallucinations et, en l'occurrence, une perte de connaissance. Ça peut aller jusqu'à la mort.

Parga et Mendoza lui jetèrent un regard noir, offusqués par le diagnostic.

— Qui lui a parlé en dernier ? demanda le médecin en appliquant sur le front brûlant du malade un peu de glace.

— Moi, répondit le général en s'asseyant dans le fauteuil qu'il avait l'habitude d'occuper lorsqu'il conversait avec l'archimandrite.

Le Labyrinthe du temps

— Et quand était-ce ?
— Ce matin à sept heures.

Alors l'officier raconta ce qui s'était passé le matin même, tandis que les deux hommes effectuaient leur promenade quotidienne sur le plateau de l'île surplombant la mer. L'archimandrite, à sa grande surprise, lui avait annoncé qu'il était désireux de se consacrer exclusivement à la recherche du trésor de vérité de Tahar le Sage, et pour cela voulait se retirer dans le confort du cabinet des merveilles où, jusqu'à ce qu'il en décrypte les codes, en perce les énigmes et en comprenne les arcanes, il resterait penché sur les vieux manuscrits de la bibliothèque.

— Vous voilà donc décidé ? lui avait demandé le général tout en déambulant entre les rochers encore baignés de la fraîcheur de la nuit.

— Oui, avait répondu Vassili Evangelisto. Je ne sais si je possède une seule chance de réussir, mais quelque part dans les textes anciens se trouve la solution à ce mystère. Et tant que je ne l'aurai pas trouvée, mon cœur ne sera pas en paix.

— C'est comme si vous alliez vous retirer du monde ?

Le Labyrinthe du temps

— Non, il s'agit d'une retraite temporaire et, par la grâce de Dieu, je finirai bien par parvenir à mes fins.

Ils avaient mis au point une répartition des tâches, après quoi tous deux étaient revenus vers le palais. Puis le gouverneur, à grandes enjambées, avait traversé les couloirs et s'était enfermé dans le cabinet des merveilles pour n'en plus ressortir.

Lorsque, le soir même, le général était venu lui rendre visite, il l'avait trouvé étendu sur sa couche, inconscient. Alors il avait compris qu'il s'était passé quelque chose de grave et s'était mis en quête du médecin de l'île.

— C'est comme si on l'avait endormi et qu'il n'allait plus jamais se réveiller, dirent les villageois en évoquant avec respect cet homme qui avait tant fait pour eux.

Le seul à ne pas se laisser enfermer dans les rets du pessimisme était le capitaine Parga qui, dans l'espoir de redonner courage à tous, répétait à longueur de journée :

Le Labyrinthe du temps

— Allons, un homme comme l'archimandrite ne peut pas mourir.

— Alors pourquoi ne se réveille-t-il pas ?

Le capitaine, tendant ses mains vers le ciel comme pour l'implorer, répondait alors par une pirouette qui n'aurait pas déplu à l'archimandrite :

— Je n'en sais rien. Mais je suis sûr qu'un jour prochain il reviendra à la vie.

Étrangement, à mesure que le temps passait, tout sembla se dégrader, comme si le sortilège du sommeil s'emparait à nouveau de l'île. Chacun se mit à oublier ce qu'il avait à faire, pourquoi il se trouvait là et à quoi il devait occuper ses heures de l'aube à la tombée de la nuit. Troublés par ce phénomène, le Dr Zakarias et le capitaine Parga en oublièrent leur différend. Les habitants de Labyrinthe abandonnèrent les principes de survie les plus élémentaires, plongeant peu à peu dans des abysses de somnolence et de léthargie.

— Il faut que cela cesse immédiatement !

s'emporta le capitaine Parga. On dirait une île de somnambules.

– Hélas ! répondit Manos Spitakis, que pouvons-nous faire ? L'archimandrite était celui qui nous donnait la force de vivre.

– La force. Si ce n'est que cela, je vais vous en donner, moi ! Et pour commencer, que chacun retourne à son travail.

En quelques jours, la vie reprit son cours, à deux exceptions près : il n'y avait plus de prêtre pour officier à l'église et plus de gouverneur pour s'occuper des affaires de l'île. Pour dire la messe dominicale et remplacer l'archimandrite, Nikos Tsovilis, qui était un jeune homme d'une droiture exceptionnelle, semblait tout désigné.

– Oui, mais qui le remplacera au poste de gouverneur ? demanda-t-on.

Le capitaine réfléchit et déclara avec assurance :

– Il me semble que le général Mendoza fera l'affaire.

Cette décision ne remporta pas l'unanimité – certains, dont Zakarias, s'y montrant carrément hostiles –, mais elle fut cependant

Le Labyrinthe du temps

acceptée tant il était urgent d'assurer cette charge. De surcroît, Mendoza était l'ami le plus intime de Vassili Evangelisto, et c'était lui encore qui le veillait depuis sa maladie, l'alimentant trois fois par jour de soupes et de bouillons, le soignant avec des décoctions de fleur d'oranger, de citron vert et de bergamote destinées à faire tomber la fièvre. Il semblait donc normal de le nommer à ce poste.

– Très bien, conclut Parga, malgré les réticences de certains d'entre nous, je vais de ce pas lui demander s'il accepte.

Ce qui ne devait être qu'une formalité devint un nouveau cataclysme. En frappant à la porte du général, le capitaine Parga ne tomba pas sur Alberto Mendoza mais sur l'une de ses trois filles, l'aînée, vêtue d'une robe en organdi brodé de fleurs jaunes et bleues. Les pieds nus, un décolleté plongeant sur sa généreuse poitrine, elle tenait à la main un peigne en ivoire dont elle venait de se servir pour coiffer son épaisse et longue chevelure.

Le Labyrinthe du temps

— Qui es-tu ? demanda Parga en dévisageant cette magnifique apparition.

— Sophia Mendoza, répondit la jeune femme en baissant soudain les yeux, troublée par la présence de cet homme.

Elle attendit quelques instants et, conjurant sa timidité naturelle, elle osa enfin porter le regard sur lui, lui adressant même un léger sourire.

— Quant à vous, vous devez être Spyros Parga.

— C'est exact.

En entrant dans le salon où il pénétrait pour la première fois, Parga remarqua le grand nombre de bibelots, vases, tableaux, statuettes et autres saintes reliques, mais surtout un petit clavecin dont l'usure des touches d'ivoire et la patine du noyer prouvaient qu'il était fréquemment utilisé. Sur une table en merisier étaient dressés six couverts. Trois candélabres en argent éclairaient un buffet Henri IV et une commode Louis XVI. L'unique baie du salon, quant à elle, donnait sur une petite terrasse de marbre blanc surplombant la mer, où l'on avait construit une pergola recouverte de vigne, un lieu

Le Labyrinthe du temps

préservé du soleil, de la pluie et des vents où il devait faire bon vivre.

Avant même de lui demander s'il désirait un rafraîchissement, Sophia Mendoza l'invita à s'asseoir et lui servit un verre de liqueur dans laquelle flottaient des herbes aromatiques. Enfin, parce qu'elle le contemplait avec une intensité particulière, et conscient qu'il n'aurait peut-être pas de seconde chance, il osa :

— Je ne savais pas que l'île abritait une jeune fille aussi élégante et aussi belle que toi.

Contre toute attente, Sophia Mendoza ne rougit pas et ne parut aucunement mal à l'aise. En revanche, sa réponse déstabilisa le capitaine :

— C'est que vous n'avez pas encore vu mes deux sœurs.

Parga faillit s'étrangler avec une gorgée de liqueur. La jeune femme ajouta avec aplomb :

— Ma mère prétend qu'elles sont plus belles que moi.

— Eh bien, dis-leur de venir me voir et je te dirai, moi, qui est la plus belle de toutes.

Quelques minutes plus tard, les deux sœurs Mendoza se présentaient devant le capitaine et

Le Labyrinthe du temps

ce dernier put se rendre compte que l'aînée, pourtant dotée de toutes les qualités du monde, n'avait pas menti. Sa cadette était déjà femme et possédait une douceur et une blondeur qui auraient fait fondre un saint. Mais sa beauté n'était rien en comparaison de celle de la benjamine.

– Incroyable ! s'écria Parga en regardant tour à tour Sophia, Celia et Antonia Mendoza, se demandant s'il ne rêvait pas tout éveillé. Et dire que je ne vous avais jamais vues avant ce jour ! Pourquoi vous garde-t-on au secret ?

Lorsque le général et sa femme entrèrent et découvrirent leurs trois filles, belles comme le jour, conversant aimablement avec Parga, ils comprirent que le temps des ennuis était venu.

– Eh bien, fit Mendoza en refermant la porte, je vois qu'on s'amuse ici !

Les trois jeunes filles, effrayées, se retirèrent dans leurs chambres sous le regard courroucé de leur père. Quant à Parga, un peu surpris, il s'empressa de revenir à l'affaire qui l'avait conduit jusqu'ici :

– Vous voilà enfin, général. C'est vous que

Le Labyrinthe du temps

je cherchais, dit-il en se levant de son fauteuil avec entrain.

— Nous étions au chevet de l'archimandrite, confia Mendoza tout en prenant une olive qui se trouvait dans la corbeille posée sur la table. L'état de ce pauvre homme ne laisse pas de m'inquiéter.

— Comment va-t-il ?

— Ni bien ni mal. Son état demeure stationnaire. Il montre parfois des signes de vie, comme s'il allait se réveiller. Et puis plus rien. Son visage se fige et il plonge de nouveau dans un profond coma.

Puis, sortant de ses pensées, il se tourna vers Parga et demanda sèchement :

— Que me voulez-vous ? C'est la première fois que vous venez jusque chez moi. Quelle terrible nouvelle venez-vous m'apporter ?

Parga hésita un instant, déambula dans la pièce et, après avoir effleuré du bout des doigts les touches du clavecin, déclara :

— Je suis venu vous annoncer qu'un comité vient de vous désigner gouverneur de l'île.

Passé le premier instant de stupeur – il resta de longues secondes en suspens, une olive à

Le Labyrinthe du temps

quelques centimètres de sa bouche ouverte –, Mendoza demanda :

— Vous plaisantez ?

— Pas le moins du monde.

Un temps. Puis, en habile marin, Parga continua à louvoyer :

— Vous venez de le dire vous-même. Concernant l'archimandrite, nul espoir de prompt rétablissement. Or l'île a besoin d'un gouverneur. Par votre expérience, vous semblez tout désigné pour remplir cette charge. C'est pour cette raison que la population tout entière – à quelques exceptions près – vous conjure de prendre les rênes du pouvoir.

— Quelles sont ces exceptions ?

— Principalement le Dr Zakarias et ses acolytes.

— Celui-là ne nous aime pas, c'est évident.

Pendant quelques secondes, le général déambula dans la pièce, tourmenté par une visible hésitation. C'est alors que Parga choisit de porter l'estocade :

— Je vous en prie, si vous ne le faites pas pour vous, faites-le pour Vassili Evangelisto.

Cette fois, le général s'inclina.

Le Labyrinthe du temps

– C'est d'accord. Je lui dois bien ça. Et ne serait-ce que pour contrecarrer les plans de Zakarias, je suis prêt à tenter l'aventure.
– À la bonne heure, conclut Parga. Vous pouvez prendre vos fonctions dès demain matin. Je vous souhaite le bonsoir, général.

Alors qu'il s'apprêtait à partir, Isabella Mendoza fit irruption dans le salon.

– Toutes mes félicitations, madame. Vous voilà l'épouse du nouveau gouverneur de Labyrinthe.

Isabella, qui de sa retraite avait tout entendu de la conversation, feignit la surprise.

– Cela ne m'étonne pas. Mon mari a le chic pour se fourrer dans les situations les plus inextricables.

Puis, sans prêter plus d'attention au général, elle ajouta :

– Pour fêter cette promotion, accepteriez-vous de venir dîner un soir prochain ?
– Avec grand plaisir, répondit le capitaine en souriant.

Alors qu'il se dirigeait vers la porte d'entrée, le visage d'Antonia apparut entre les interstices de la pergola, un visage d'une pureté lumi-

Le Labyrinthe du temps

neuse, comme celui d'un ange. Elle était assise sur la terrasse, un chat couleur de miel sur les genoux. Parga crut à une vision. Une bouffée de bonheur l'envahit et brouilla sa vue. En proie à un délicieux vertige, il prit congé, aussi heureux que le jour où il avait aperçu la mer et en était tombé éperdument amoureux.

X

Les trois filles du général Mendoza furent à l'origine d'une multitude de douleurs, de souffrances et de chagrins.

— Elles possèdent la beauté de leur mère, répétait à l'envi le général.

Sophia était racée, grande, aux cheveux châtains. Elle avait reçu une éducation civique et religieuse qui la mettrait à l'abri de bien des vicissitudes de la vie. Elle était assez cultivée pour converser avec son père dans bien des domaines, aimait broder, dessiner et peindre. Mais par-dessus tout, elle était de compagnie agréable.

Celia, elle, blonde comme les blés, possédait une grâce et une fragilité qui n'appartenaient qu'à elle et évoquaient un animal en détresse. Ce qui incitait à la protéger constamment, à

Le Labyrinthe du temps

lui prodiguer les soins les plus attentifs et les caresses les plus douces.

Antonia, les yeux et les cheveux d'un noir profond, la peau sombre, possédait un caractère d'acier trempé et un tempérament de feu.

Autant les deux premières étaient douces et sages, d'une beauté virginale, autant Antonia était aussi peu maîtrisable qu'un volcan. Elle était sans conteste la moins docile des trois. Mais sa beauté n'en était que plus troublante.

Lors du dîner qui fut donné en l'honneur du capitaine Parga dans la demeure des Mendoza, on parla de tout – de la maladie de l'archimandrite, du coffre de Tahar, de la constitution que le général était en train de rédiger et qu'il désirait bientôt promulguer, du sortilège les contraignant à vivre en ce lieu sans pouvoir le fuir... – mais en aucun cas d'amour. Et pourtant, chacun comprit que le capitaine n'était pas venu là sans espoirs. Tandis que Sophia et Celia, troublées et le cœur en fête, ne le quittaient pas des yeux, renversant leurs verres sur la nappe, boudant les plats qui se succédaient devant elles, Antonia goûtait de tout avec un plaisir évident, reprenant du dessert, nullement troublée par la présence du capitaine. À la fin du repas, répondant à Isabella qui s'enquérait de la qualité du dîner, Parga – sans doute grisé par l'alcool – osa cette phrase :

– Madame, si vos filles possèdent le dixième des talents culinaires de leur mère, j'épouserais volontiers l'une d'elles.

Et, en disant cela, il tourna la tête vers Antonia.

– Dans ce cas, j'espère que je serai invitée au mariage, dit Antonia en posant ses beaux yeux noirs sur le capitaine. Mais ne comptez pas sur moi pour faire la cuisine, j'ai horreur de ça.

Personne ne sut jamais si elle avait dit cela par provocation ou innocence, mais ce fut comme si un manteau de glace venait de s'abattre sur les convives. Le général jeta un regard consterné à sa femme et ne put ouvrir la bouche tant il semblait choqué par l'outrecuidance de son invité et l'aplomb de sa benjamine.

Le Labyrinthe du temps

— En attendant, je vais aller me coucher, conclut Antonia.

Puis, sans montrer la moindre émotion, elle se leva de table, esquissa un petit salut et retourna dans sa chambre où elle retrouva son lit, ses poupées et son sommeil d'enfant.

— C'est vrai, il se fait tard, dit Isabella les lèvres pincées. Voulez-vous nous excuser ?

Les deux hommes se levèrent d'un même mouvement, tandis qu'Isabella adressait un regard à ses deux aînées, leur intimant l'ordre de la suivre. Sophia et Celia, pâles comme des mortes, s'en furent elles aussi vers leurs chambres, non pour dormir mais pour pleurer les larmes amères du chagrin, tant elles avaient compris qu'Antonia avait la préférence, et que si le capitaine acceptait un jour de se marier avec l'une d'elles, ce serait par dépit amoureux.

Lorsqu'il fut enfin seul avec le général, Parga demanda d'un ton qu'il voulait dégagé :

— Toujours pas d'évolution concernant Vassili Evangelisto ?

Mendoza secoua la tête.

— Non. Aucune nouvelle rassurante.

Le capitaine grimaça.

Le Labyrinthe du temps

— Général, je crois que nous allons au-devant de bien des ennuis.

Mendoza avait toujours su que ses trois filles lui causeraient des soucis le jour où les premiers prétendants franchiraient le seuil de sa demeure. En revanche, il n'avait pas prévu que Parga serait l'un d'eux.

Un matin de décembre, alors qu'il se tenait assis derrière la fenêtre du salon, tentant désespérément de chauffer au soleil d'hiver ses vieux os meurtris par les rhumatismes, Isabella s'était approchée de lui en murmurant :

— Tu vas voir, Alberto, que ces trois idiotes vont finir par s'entre-tuer pour lui.

Isabella avait vu juste. Un mois ne s'était pas écoulé que les effets pernicieux de l'amour se faisaient déjà ressentir. Antonia, de façon incompréhensible, s'intéressa chaque jour davantage à la cour effrénée que lui faisait le capitaine et finit par y prendre un certain plaisir. Sachant que ses deux sœurs seraient malades de jalousie à l'idée de la savoir entre ses bras, elle choisit de lui donner rendez-vous dans sa chambre.

Le Labyrinthe du temps

Lorsqu'il reçut le message, le capitaine Parga crut à une mauvaise plaisanterie. Puis, convaincu que le cœur féminin demeure un mystère insondable régi par les passions les plus inexplicables, il obtempéra et, le soir même, escalada le balcon d'Antonia.

Sans faire le moindre bruit afin de ne pas réveiller le général et sa femme qui dormaient dans la pièce voisine, il entra par la fenêtre entrouverte. Dans la demi-obscurité, il sentit la présence de la jeune fille dont la respiration précipitée se mêlait à la brise marine.

– Je suis venu, dit-il dans un murmure, parce que tu me l'as demandé. Et aussi parce qu'il est temps que tu deviennes femme.

Sans attendre qu'elle l'invitât à le faire, il se dévêtit, jeta ses habits sur le sol, gagna le lit, en écarta les draps encore frais et l'entraîna sur la couche. Il se mit à la caresser et à l'embrasser. Elle se laissa faire jusqu'à ce que, haletante de désir, elle se redresse d'un bond, et embrasse Parga avec fougue :

Le Labyrinthe du temps

— Maintenant, dit-elle dans un souffle, fais-moi connaître ce qui m'a toujours été interdit !

Parga enveloppa la poitrine brûlante de la jeune fille, huma le parfum de musc et de lilas qu'exhalait sa chevelure, la saisit à la taille, lui écarta lentement les cuisses et, avec douceur, entra en elle. Antonia se mordit les lèvres pour ne pas crier. Puis, la première émotion passée, elle soupira d'aise. Jamais, de toute sa vie, elle n'avait éprouvé de sensation aussi délicieuse. Se laissant glisser dans le vertige du plaisir, elle ferma les yeux, ceintura de toutes ses forces le torse imposant de son amant, et gravit, un à un, comme en rêve, les degrés de l'extase, jusqu'à la jouissance.

Ils connurent bien d'autres nuits d'amour, ivres du plaisir qu'ils se donnaient l'un à l'autre dans le lit aux draps blancs de la jeune femme. Ces joutes amoureuses auraient pu continuer à l'insu de tous, si Parga n'avait décidé de rendre leur amour officiel.

Un soir, alors que le capitaine rendait visite aux Mendoza, contemplant de leur fenêtre

Le Labyrinthe du temps

l'horizon infini où passait l'ombre de ses rêves, il annonça d'une voix ferme :

— Général, je désire épouser Antonia.

Alberto Mendoza sentit brusquement souffler le vent de la vieillesse. Il prit le temps de s'éclaircir la gorge, avant de répondre :

— Elle est encore trop jeune pour se marier.
— Erreur, général. C'est déjà une femme. C'est *ma* femme depuis plusieurs nuits.

Le général manqua s'étrangler. Sur son visage soudain congestionné s'afficha une expression de frayeur.

— Je devrais vous chasser de ma demeure et vous ordonner de ne plus jamais remettre les pieds ici.

— Mais vous ne le ferez pas. Car il en va de votre honneur, du mien et de celui d'Antonia.

Après avoir réfléchi, la pâleur au front, Mendoza, pris au piège, finit par donner son accord.

— Dans ce cas, fit-il, je n'ai plus rien à dire. Puisque le mal est fait, il faut que des noces officielles lavent ce péché mortel.

Lorsque Isabella Mendoza apprit la nouvelle, à savoir que la plus jeune de ses filles avait été

Le Labyrinthe du temps

déflorée par cet homme beaucoup plus âgé qu'elle, elle entra dans une rage folle.

— Il est malheureusement trop tard pour revenir en arrière, trancha le général lorsqu'il parvint enfin à la calmer. Il faut sans tarder les unir par les liens sacrés du mariage.

Ce que s'empressa d'annoncer Parga au café du village, un soir de mai :

— J'épouserai Antonia Mendoza le jour du solstice d'été ! dit-il d'une voix claire.

Cette déclaration fut accueillie par un silence glacial. À l'exception du docteur Zakarias qui, comme à son habitude, se posa en contestataire.

— Pourquoi épouserais-tu Antonia Mendoza ? Tu ne vaux pas mieux qu'un autre.

C'était la première fois que le médecin osait tutoyer Parga, et tout le monde s'en étonna. Faisant fi de ce manque de respect, le capitaine rétorqua :

— Parce que j'ai été le premier à la demander en mariage. Et parce que c'est comme ça.

C'était un résumé très succinct de la situation, mais tous comprirent.

— La dictature de la pensée et de l'amour !

ironisa le Dr Zakarias. Et pas plus que la population de l'île n'a le choix de son gouverneur, la mariée ne peut choisir son mari !

Les rires fusèrent dans le café et Parga grinça des dents. Mais, contre toute attente, il n'entra pas dans l'une de ses colères proverbiales. Descendant de son piédestal, il annonça d'une voix étonnamment calme :

— Nous verrons bien ce qui se passera.

Et sans attendre davantage, il salua l'assemblée d'un signe de tête et quitta le café. Lorsqu'il fut parti, les langues se délièrent.

— Cela devait finir comme ça. La plus belle des filles de l'île avec le plus influent et le plus charismatique, dit quelqu'un.

— Et un gouverneur par intérim qui devient gouverneur à vie.

— Parga n'a pas encore épousé Antonia. Et la constitution qu'est en train de rédiger Mendoza n'est pas encore votée, pronostiqua le médecin d'un air entendu.

Puis, il sortit de sa poche un petit cigarillo, l'alluma, et se mit à fumer avec délices en rejetant par à-coups des petits ronds de fumée en direction du plafond.

Le Labyrinthe du temps

– Que voulez-vous dire, docteur ?

Le médecin aspira une nouvelle bouffée, posa une pièce d'argent sur le comptoir et s'en fut en direction de la porte.

– Que tout le monde sur cette île n'est pas du même avis que Parga et Mendoza. Et qu'un jour, il pourrait très bien leur arriver malheur.

Lorsque Sophia et Celia apprirent ce qui s'était passé entre Parga et leur jeune sœur, elles en pleurèrent de rage et voulurent les étrangler tous les deux. Puis, une fois les larmes séchées et la raison recouvrée, elles résolurent de se ranger à une décision plus sage. Abandonnant leurs espoirs chimériques, elles choisirent de s'unir aux premiers venus qui franchiraient le seuil de la maison.

– Puisque nos parents ont accordé le mariage à une traînée, nous aussi nous allons devenir des putains, décidèrent-elles, le visage ravagé par la rage et le chagrin.

Les deux frères Costas, venus rencontrer le général Mendoza en vue de le convaincre de ne pas promulguer son projet de constitution qui provoquait un tollé, furent les heureux élus. Ils crurent rêver lorsque les deux jeunes femmes leur firent part de leur décision.

— Vous êtes certaines de savoir ce que vous faites ? demandèrent-ils, croyant à une lubie.

— Tout à fait, leur dirent-elles en les prenant par la main et en les conduisant dans leurs chambres respectives.

— Pourquoi ne pas attendre et préparer un beau mariage comme celui de votre sœur ?

— Ce sera comme ça et pas autrement. Et vous feriez mieux de vous dépêcher d'accepter avant que nous ne changions d'avis.

Par la suite, Sophia et Celia ne devaient jamais regretter leur choix, car les frères Costas se révélèrent des amants exemplaires, des maris bienveillants, et leurs parents, mis une nouvelle fois devant le fait accompli, ne purent refuser ces deux unions précipitées. À la surprise générale, elles se marièrent ensemble le 15 juin, soit une semaine avant Antonia – ultime vengeance –, habitèrent deux maisons mitoyennes à l'écart du village et ne remirent jamais plus les pieds dans la demeure familiale.

Le Labyrinthe du temps

Comme si ce malheur ne suffisait pas à son chagrin, le général Mendoza dut essuyer une véritable tempête lorsque, le jour où il promulgua enfin la constitution, un vent de révolte se mit à souffler sur l'île. Par centaines, des opposants se manifestèrent, des attroupements se créèrent, provoquant une agitation intense.

— C'est la fin du monde qui commence, confia le vieux général au corps inerte de Vassili Evangelisto. Ma constitution déchaîne les foudres, mes aînées ne me parlent plus, ma benjamine se marie bientôt, ma femme devient folle de chagrin et vous, vous demeurez aussi muet qu'une tombe.

Deux jours avant le mariage d'Antonia et Parga, il se mit à neiger des papillons bleus, et chacun sut qu'un événement grave allait à nouveau bouleverser la vie de l'île.

Antonia Mendoza pensa à la peste, au choléra, à une inondation, à la sécheresse, à un tremblement de terre, à une éruption volcanique. Elle pensa même qu'elle allait mourir avant que le soleil ne se levât. Elle en oublia tous les miracles, tous les prodiges que les papillons avaient parfois annoncés tant une peur la faisait trembler, une seule : que quelque chose empêchât son mariage.

Lorsque le capitaine Parga, le visage grave et les yeux baissés, se présenta devant elle, elle comprit qu'il s'était passé quelque chose.

— Les noces n'auront pas lieu demain, eut-il la force de murmurer avant de s'effondrer sur une chaise.

— Pourquoi donc ? demanda la jeune femme d'une voix tremblante.

Parga leva les yeux sur sa bien-aimée et lui avoua :

— Parce que c'est la révolution.

XI

La révolution avait commencé le matin, aux premières lueurs de l'aube, lorsqu'un rassemblement s'était formé sur la place principale du village. Ce soulèvement populaire était la réponse au texte de la constitution que le général Mendoza avait placardé quelques jours plus tôt sur les murs du palais de Labyrinthe, et dont le premier article stipulait que le gouverneur était nommé à vie et avait tout pouvoir pour lever des impôts.

— Cette constitution n'est qu'une merde ! avait aussitôt fait savoir le Dr Zakarias, bien décidé à mettre en œuvre son esprit frondeur.

— Pourtant, avait fait remarquer le vieux Cortas, Mendoza dit agir au nom de l'archimandrite.

— C'est un menteur. À peine s'il voulait de

Le Labyrinthe du temps

cette charge, et maintenant qu'il a pris goût au pouvoir, impossible de l'en déloger !

L'après-midi, le médecin était revenu en compagnie de tous les hommes qui n'entendaient pas se laisser dominer par ce général qu'ils considéraient comme un usurpateur. Et le mot était scandé sous les fenêtres du palais.

– Que voulez-vous ? cria le général Mendoza en se présentant au balcon du premier étage.

Le Dr Zakarias sortit de la foule, plaça ses deux mains en porte-voix et s'écria à son tour :

– L'abrogation de cette constitution ! Et tant qu'à faire, nous réclamons aussi votre démission !

On entendit aussitôt une vaste clameur s'élever de la foule, faite de rires et de quolibets.

– Pas question ! Je ne bougerai pas d'ici, rétorqua Mendoza. Le seul à pouvoir prendre ma place – car elle lui revient de droit – est Vassili Evangelisto. Et cette constitution est tout à fait légale.

– Dans ce cas, répondit le médecin, nous resterons jusqu'à ce que vous finissiez par entendre raison.

– Allez au diable ! éructa le général avant de

Le Labyrinthe du temps

refermer la fenêtre et de disparaître à l'intérieur du palais.

Puis, se tournant vers le capitaine Parga qui, seul, était resté fidèlement à ses côtés, il conclut :

— Rentrez chez vous et organisez les renforts. J'ai bien peur que nous n'ayons à défendre chèrement notre vie.

Au matin du lendemain, sous le commandement du capitaine Parga, un bataillon de soldats formé en toute hâte se dirigea vers le palais. Et là se déroula une scène jamais vue à Labyrinthe : un gouverneur retranché dans sa forteresse, retenu prisonnier par une armée de contestataires, eux-mêmes ceinturés par les défenseurs de la constitution qui, pour la plupart, n'avaient rien demandé et ne savaient même pas pourquoi ils se trouvaient là.

— Rendez-vous, vous êtes cernés ! tonna Parga en s'adressant aux contestataires que ses hommes mettaient en joue.

— Le général Mendoza, d'abord ! répondit avec un certain courage le Dr Zakarias.

Le Labyrinthe du temps

— Allez au diable ! répéta le gouverneur, du haut de son balcon.

Le drame survint lorsque Parga ordonna qu'on tirât une première salve en l'air.

— Feu en direction du soleil ! s'écria-t-il en abaissant son bras d'un geste sec. Cela va les effrayer.

Une canonnade résonna aussitôt sur la place, produisant un vacarme assourdissant et formant un brouillard de fumée opaque. Par malheur, certaines balles se perdirent et retombèrent en pluie sur le palais, brisant les vitres et lézardant la chaux recouvrant les murs. Dès lors, la riposte ne se fit pas attendre dans le clan des insurgés, et ceux qui étaient armés se mirent à tirer. Pendant quelques secondes, il y eut un échange de coups de feu de part et d'autre, une panique générale, des cris, du verre brisé et de la poussière.

— Cessez le feu ! hurla Parga en se portant au-devant de ses hommes sous la mitraille.

Chacun le regarda, ahuri, et se demanda pourquoi il risquait ainsi sa vie, lorsqu'une balle l'atteignit en pleine poitrine. Il chancela, recula de plusieurs pas, cependant que sa chemise s'imbibait de sang.

– Mon Dieu, je suis touché ! eut-il la force de murmurer avant de s'écrouler.

Puis, comme pour s'assurer qu'il ne rêvait pas, il porta la main à sa poitrine.

Le Dr Zakarias accourut, s'agenouilla près de lui, inspecta la blessure et s'écria :

– Qu'on aille me chercher ma trousse. Il faut à tout prix cautériser la plaie.

On s'en fut quérir la fameuse trousse et, pendant cette attente, on allongea le capitaine à l'ombre des oliviers où on lui fit boire une eau mêlée d'écorces d'oranges amères.

Parga ne mourut pas, parce que ni Dieu ni le Dr Zakarias ne le permirent. La balle qui était allé se loger dans sa poitrine était ressortie entre deux omoplates, créant un trou assez large pour y passer une pièce de cinq sous, mais sans atteindre d'organe vital.

– C'est un miracle, s'étonna Zakarias en recousant la plaie. Vous auriez pu mourir cent fois.

Parga lui jeta un regard reconnaissant, puis se penchant vers le médecin, atteint dans sa chair autant que dans son honneur, il murmura d'un air las :

— Que diriez-vous de signer un armistice ?

Au soir de cette terrible journée, une entente fut trouvée entre les deux parties.

— Tout ce que nous exigeons, déclara Zakarias, c'est la démission de Mendoza. Et qu'on organise enfin des élections démocratiques.

— Accordé, répondit le capitaine, à condition que chacun dépose les armes et rentre chez soi.

Ce qui fut aussitôt fait.

Un quart d'heure plus tard, Parga, malgré sa blessure, se présenta dans le cabinet des merveilles où l'attendait de pied ferme Alberto Mendoza.

— Je viens d'obtenir la reddition de l'armée révolutionnaire, annonça d'emblée le capitaine.

— Contre quoi ? demanda Mendoza, comme s'il savait ce qui allait suivre.

— Contre l'assurance que vous me donneriez votre démission.

Un long silence passa. Puis une pétarade éclata au-dehors et Mendoza comprit que, déjà, on fêtait sa chute.

Le Labyrinthe du temps

– Capitaine, lança froidement Mendoza, vous ne savez pas ce que vous faites.

– Je ne le sais que trop bien, général. J'agis pour la paix de l'île.

Au terme d'une longue hésitation, Mendoza, acculé, finit par apposer sa signature au bas du document que lui tendait Parga. Il agita la feuille de papier afin d'en sécher l'encre, puis dit d'une voix solennelle :

– Capitaine, vous me décevez. Je regrette profondément de vous avoir accordé la main d'Antonia.

– Le mariage a été reporté d'une semaine pour cause de révolution, répondit Parga avec un demi-sourire. Attendez donc samedi prochain pour formuler des regrets.

Lorsque la nouvelle de la démission du général Mendoza se répandit dans l'île, tout le monde sut qu'une guerre venait de prendre fin, mais qu'une autre, celle de sa succession, venait de commencer. La première liste des candidats aux élections fut constituée de dix-sept noms, les deux plus attendus étant ceux du capitaine Spyros Parga et du Dr Dimitri Zakarias.

Le Labyrinthe du temps

Les élections eurent lieu un vendredi de juin solaire et lumineux. La chaleur était si écrasante, le vent si brûlant qu'à chaque rafale il séchait les arbres et faisait faner les fleurs. Sur la place du village, à l'ombre des oliviers, on installa une table sur laquelle reposait une urne en bois, deux chaises, deux verres et une carafe d'eau pour le juge et l'assesseur – qui n'étaient autres que le doyen Manos Spitakis et le jeune prêtre Nikos Tsovilis. Ces deux derniers, désignés d'office, l'un en raison de son grand âge, l'autre de sa moralité, passèrent la journée sous un soleil de plomb à avaler la poussière et les boniments pour la cause publique.

– Voilà où mène la politique, ricana Manos Spitakis.

Sans espoir de voir jamais sa propre condition s'améliorer.

Il remplit néanmoins son rôle à merveille, s'assurant que chaque habitant de Labyrinthe glissait son bulletin de vote dans l'urne.

À la fin de la journée, lorsqu'on dépouilla le scrutin, les chiffres étaient clairs et les deux noms les plus attendus venaient en tête : 322 voix pour l'un, et 128 pour l'autre.

Le Labyrinthe du temps

On se tourna alors vers le juge et l'assesseur. Les deux hommes annoncèrent de concert :
— Le nouveau gouverneur est Spyros Parga.

C'est ainsi que, par un caprice du hasard, le capitaine Parga célébra en même temps ses noces avec Antonia Mendoza et sa nomination au poste de gouverneur de l'île en remplacement du général Mendoza.

Dans la fraîcheur de la petite église, sous l'égide du saint Christophe en argile, le prêtre, prenant à cœur son sacerdoce, se livra à une lecture enflammée des épîtres de saint Paul – en particulier la lettre aux Corinthiens. Isabella Mendoza pleura lors de l'échange des anneaux, le général parut émerger quelques instants des profondeurs de sa solitude, et chaque convive eut le cœur chaviré.

Mais en sortant de l'église, on s'aperçut que le mécanisme de la clepsydre s'emballait pour une raison inconnue. Les aiguilles se mirent à tourner à toute vitesse et le temps, emporté par un courant violent, en fut perturbé à jamais. On comprit alors qu'un nouveau malheur venait de frapper l'île et que, d'une manière ou d'une autre, on n'échapperait plus au sortilège.

— Nous verrons cela plus tard, temporisa cependant Parga. D'abord songeons à fêter dignement ce mariage.

Et, sans s'inquiéter davantage, il prit Antonia par la taille, et de son bras valide la souleva de terre. Puis, comme il l'avait fait avec le globe de Coronelli, il la porta jusqu'aux marches du palais où, trois jours durant, fut organisée la fête la plus grandiose de mémoire d'insulaire.

Sur les tables dressées dans les jardins l'on servit sans discontinuer les viandes grillées, les fromages frais, les salades variées, les omelettes et les gâteaux au miel, le tout arrosé de vin et de liqueurs à profusion.

On dansa trois jours et trois nuits d'affilée au son des guitares et du bouzouki. Le Dr Zacharias, faisant contre mauvaise fortune bon cœur, accepta d'être de la fête ainsi que tous ceux qui avaient, de près ou de loin, participé à la révolution.

Nul ne songeait plus à cette clepsydre emballée qui accélérait le temps jusqu'au vertige.

XII

Les semaines et les mois passèrent à vive allure.

Outre le mystère insondable et inexpliqué de la maladie de l'archimandrite, l'emballement de la clepsydre emportant l'île dans les tourbillons d'un avenir incertain, et les blessures anciennes de la révolution, les véritables ennuis commencèrent le jour où le capitaine Parga prit conscience qu'il n'était qu'un être de chair et de sang, de passion et de sentiment, et qu'à l'égal du temps, il pouvait être soumis à des dérèglements.

Un jour de printemps, au détour d'une ruelle du village, le gouverneur Parga rencontra une jeune femme dont la beauté lui parut si irréelle qu'il en fut subjugué. Loin de se contenter d'admirer cette apparition, attiré par

Le Labyrinthe du temps

elle comme une phalène par la lumière, il l'aborda :

– Quel est ton nom ? Et d'où viens-tu ? C'est la première fois que je te vois ici.

La jeune fille, interdite, le fixa d'un regard dans lequel il décela un vert d'eau mêlé à de l'or.

– Allons, voilà ma chance. Une muette.

– Je ne suis pas muette, dit-elle.

– Dans ce cas, qui es-tu ?

Elle lui adressa un léger sourire et conclut :

– À vous de le deviner.

Et, sans se préoccuper davantage de lui, elle passa son chemin la tête haute.

Le soir, se tournant et retournant dans son lit, Parga ne songeait plus qu'au pastel troublant de ce regard. Allongé au côté de son épouse dont le sommeil semblait aussi calme et serein qu'une mer étale, il passa la nuit à rêver et, dès le lendemain, se mit en tête de retrouver la jeune fille. Il la croisa de nouveau, au même endroit, mais cette fois ne lui laissa pas le loisir de s'enfuir. Il la prit par le bras et, l'obligeant à le regarder, la questionna :

Le Labyrinthe du temps

– Quel est ton nom ? Et où habites-tu ? Parle, je te prie.

La jeune femme tenta de s'échapper mais Parga la retint d'une main ferme. Alors, renonçant à lutter contre lui, elle le poignarda de son regard vert et or. Parga la lâcha aussitôt, et l'apparition s'éloigna en direction de la mer. À bonne distance de lui, elle se retourna et lui lança comme un défi :

– Je suis celle qu'on n'attrape jamais.

Elle laissa son rire de cristal éclater au soleil et finit par disparaître.

Dès lors, Parga se mit à confondre le jour avec la nuit. Il passait ses journées à dormir debout et ses heures de repos les yeux grands ouverts. Il ne songeait plus qu'à la fragile apparition, l'esprit dévoré par cette jeune beauté qui l'avait soulevé de terre à la seule lueur de son regard. Oublieux de sa femme et de ses amis, il se mit à errer dans le désordre vertigineux des rêves inaccessibles.

– Je n'ai jamais vu des yeux d'une telle couleur, admit-il, comme à regret.

Elle s'appelait Ilia Adonis et avait dix-neuf ans. C'est tout ce qu'elle voulut bien lui avouer

Le Labyrinthe du temps

lorsque, pour la troisième fois, elle croisa son chemin au hasard d'une ruelle. Par la suite, Parga apprit qu'elle logeait non loin de la crique du Diable, dans une petite maison creusée à même la roche, et que s'il ne l'avait jamais rencontrée auparavant, c'était qu'elle n'avait pas coutume de se rendre au village.

Ilia Adonis était plus belle encore que les trois sœurs Mendoza, conjuguant tout à la fois leur grâce naturelle, leur charme et leur élégance. Et son regard était si troublant que les hommes qui la croisaient en gardaient à jamais l'âme chavirée et le cœur en émoi. Par malheur pour eux, Ilia Adonis était fiancée à un certain Stefano Kallisteas.

Ce qui n'empêcha nullement le capitaine Parga de tenter de la séduire et, le temps et la patience aidant, de finalement parvenir à ses fins. Un jour qu'il croisa son chemin sur la plage il l'entraîna derrière un rocher, la prit dans ses bras, et l'allongea sur le sable avant de l'embrasser, de la dévêtir avec soin et délicatesse, comme s'il effeuillait un à un les pétales d'une rose.

Par malchance, deux témoins assistèrent à

Le Labyrinthe du temps

la scène et, ravis de cette aubaine, s'en furent aussitôt colporter la nouvelle dans l'île.

– Nous avons surpris le gouverneur en train de déflorer une vierge.

La nouvelle traversa le village à la vitesse d'un cheval au galop et parvint aux oreilles d'Antonia. L'épouse du gouverneur crut recevoir un coup de fouet en plein visage. Son sang se glaça et, au bord de l'évanouissement, elle s'assit dans le fauteuil du salon et attendit son époux.

– Je veux le voir ramper devant moi comme un chien galeux, gronda-t-elle, étranglée de chagrin et de colère.

Lorsque Parga franchit le seuil de la maison et qu'il la vit assise, le teint aussi pâle que celui d'une morte, il sut que tout était découvert. Sans même chercher à fuir l'affrontement, debout sur le seuil, il attendit que l'orage se déchaîne.

– Comment s'appelle-t-elle ? demanda Antonia d'une voix de glace.

Parga encaissa le coup sans même chercher à nier.

– Je ne peux pas te le dire.

– Comment s'appelle-t-elle ? répéta Antonia en saisissant un couteau.

Le Labyrinthe du temps

— Peu importe son nom. Mais elle a des yeux vert et or.

Antonia n'avait jamais entendu parler d'une fille ayant de tels yeux, mais elle perçut au son de la voix de son mari qu'il avait succombé à leur charme et que la rumeur ne lui avait pas menti.

Dans un geste de désespoir, elle leva le bras et tenta de poignarder l'infidèle au cœur. Parga lui saisit le poignet, la forçant à lâcher prise. L'arme tomba sur le sol avec fracas. Alors Antonia se recroquevilla sur le sol et, tandis que Parga quittait la maison sans se retourner, elle se mit à sangloter parce qu'elle venait de comprendre toute l'étendue de son malheur.

Au même moment, prise de remords, Ilia Adonis se présentait devant son fiancé, les yeux rougis par les larmes et le corps secoué de spasmes, partagée entre la honte et le désespoir de ne jamais pouvoir se racheter. Lorsque Stefano Kallisteas apprit qu'elle l'avait trompé avec le gouverneur de l'île, il lança son poing dans une vitre qui explosa, puis, sa rage calmée, annonça calmement :

Le Labyrinthe du temps

— Je sais ce qu'il me reste à faire.

Il prit alors son fusil et quitta la cabane de pêcheurs qu'il occupait à l'écart du village.

— Où vas-tu ? lui demanda Ilia entre deux sanglots.

— Me faire justice, répondit Stefano d'une voix glacée.

En chemin, il prévint son cousin Panaïoti qui, aussitôt, se munit lui aussi d'une arme et lui emboîta le pas. Dès lors on sut que deux hommes armés se dirigeaient vers le village et qu'un drame s'annonçait.

Lorsque les cousins Kallisteas firent leur apparition sur la place du village, la nuit commençait à tomber. Les deux hommes, profitant de l'obscurité, armèrent leur fusil et se postèrent face à la porte d'entrée du palais. Ils demeurèrent à l'affût pendant de longues minutes à attendre le gouverneur.

— On ne le voit nulle part, dit Stefano. Il n'est peut-être pas là.

— Il faudra bien qu'il revienne, maugréa son cousin alors que le froid commençait à l'engourdir.

Le Labyrinthe du temps

Une heure plus tard, une ombre se profila derrière une fenêtre et les cousins sursautèrent :

– C'est lui ! Allons le déloger, s'écria Stefano.

D'un pas décidé, ils marchèrent en direction du palais, entrèrent sans bruit, gravirent l'escalier et se présentèrent devant le bureau du gouverneur. Lorsque les deux hommes poussèrent la porte, ils aperçurent le siège vide.

– Où est-il passé ? interrogea soudain Stefano.

– Derrière vous, répondit une voix grave.

Les cousins Kallisteas, comprenant un peu tard qu'ils venaient de tomber dans un piège, n'eurent que le temps d'échanger un dernier regard, et de se retourner pour apercevoir la haute silhouette du capitaine Parga tenant dans ses mains un fusil de chasse. Avant d'avoir esquissé le moindre geste, ils reçurent une décharge de chevrotine en plein cœur et s'écroulèrent sur le sol.

Le lendemain de la mort de Stefano et Panaïoti Kallisteas, tout se mit à péricliter, comme si Labyrinthe avait soudain été frappée d'une peste biblique. Le premier à en souffrir

Le Labyrinthe du temps

fut le gouverneur. Il lui faudrait désormais vivre avec ce double meurtre sur la conscience, et apprendre ce que signifiait le mot remords. Et bien que chacun considérât cette affaire comme un cas de légitime défense, il ne parvint jamais à oublier cette tragédie.

Toute l'île fut bientôt gagnée par une torpeur commune, une léthargie, puis un sommeil comateux, identique à celui qui frappait l'île lors du naufrage de Vassili Evangelisto.

Antonia, seule au palais, fut prise d'un étrange mal de tête, et s'aperçut soudain que les papillons bleus ne volaient plus dans le ciel de l'île mais à l'intérieur de son crâne.

— C'est la fin du monde, dit-elle en tentant de chasser les ailes qu'elle voyait tourner devant ses yeux.

Consciente qu'elle était la proie d'un nouveau et incompréhensible sortilège, la jeune femme gagna sa chambre, se déshabilla, enfila sa chemise de nuit, se coiffa avec soin, et fit sa prière avant de s'étendre sur sa couche. Elle s'endormit aussitôt malgré l'étrange danse des papillons bleus sous ses paupières.

Débuta alors la nuit la plus agitée de son

existence, traversée de rêves dans lesquels elle chevauchait des poissons d'or et des salamandres d'argent, passait d'un amant à l'autre, voyageait dans toute l'Europe, habitait un palais au bord de l'Adriatique et finissait sa vie dans un couvent en Toscane.

Le lendemain, elle dut se faire violence pour ouvrir les yeux car elle savait que les papillons étaient toujours là. Désormais certaine qu'ils ne la quitteraient plus, elle s'extirpa de son lit, se traîna jusqu'à la salle de bains, se glissa dans la baignoire emplie d'une eau parfumée aux pétales de rose, puis ferma les yeux.

Par un curieux pressentiment, Antonia sut que cette journée serait particulière. Elle le sentit un peu plus tard lorsque les œufs qu'elle fit cuire pour le petit déjeuner se changèrent en morceaux de charbon. Elle le sentit lorsqu'elle tenta vainement de se remémorer ce qui s'était passé la veille. Elle le sentit encore quand, vers onze heures, elle fut à nouveau saisie de torpeur et se mit à somnoler debout, plongeant dans les limbes de l'oubli, mais sans jamais récupérer ni ses forces ni son énergie. Comme si tout à coup le temps piétinait.

Le Labyrinthe du temps

Lorsqu'elle voulut remonter l'horloge du salon, elle se rendit compte que les aiguilles n'avançaient plus, bloquées sur midi.

– La malédiction est sur nous ! s'écria-t-elle aussitôt avec terreur.

Puis, sans comprendre que c'était elle la cible, elle vit une dernière fois les papillons bleus voler devant ses yeux, et un coup au cœur la terrassa. Elle s'effondra, victime d'une foudroyante apoplexie.

Lorsque le capitaine Parga rentra chez lui et découvrit le corps sans vie d'Antonia, il comprit que la tragédie ne quitterait plus les rivages de l'île et que, bientôt, elle emporterait dans son infernal tourbillon tout ce qui se trouvait sur son passage, âmes, corps et objets, afin d'effacer de la surface de la Terre le moindre vestige de Labyrinthe.

Malgré le chagrin qui l'étouffait, malgré l'abîme de solitude dans lequel il se sentait sombrer, le capitaine Parga prit Antonia dans ses bras et, tout en versant les larmes amères du désespoir, la porta jusqu'au lit conjugal.

Le Labyrinthe du temps

Elle était si belle qu'il en trembla. Son visage était aussi lumineux que celui d'un ange, ses cheveux ressemblaient à des vagues brunes et son corps exhalait un parfum de fleurs sauvages.

Le capitaine Parga prononça alors cette phrase :

— C'est comme si j'étais déjà mort.

Puis, séchant ses larmes, il quitta la pièce, sortit de sa demeure et s'en fut annoncer la nouvelle dans tout le village.

Jamais on ne vit plus belle défunte qu'Antonia Mendoza le jour de ses funérailles. Si belle dans son linceul qu'on la crut reine au-delà de la mort.

Pour la première fois depuis longtemps, tous les habitants de l'île se rassemblèrent et, dans un silence de cathédrale, menèrent au tombeau le corps d'Antonia la superbe, celle qui avait illuminé de son éclat les heures de Labyrinthe. Après avoir déposé sa dépouille dans un cercueil en bois d'olivier, sa famille lui rendit un dernier hommage, et une oraison funèbre fut prononcée par le prêtre Nikos Tsovilis. Puis le cercueil fut descendu en terre et chacun quitta le cimetière avec une plaie au cœur.

Le Labyrinthe du temps

Sur le chemin du retour, le capitaine Parga s'approcha du général Mendoza et lui confia d'une voix blanche la phrase qu'il se répétait à longueur de temps depuis le drame :
— C'est comme si j'étais déjà mort.
Le général, le visage fermé, répondit :
— Moi aussi.
Puis, il ajouta avant de s'éloigner :
— La différence, c'est que je lui ai donné la vie. Et que vous l'avez tuée.
Parga demeura pétrifié, mais ne répondit rien. Il savait combien Mendoza avait raison et que, d'une manière ou d'une autre, par sa faute et celle d'un sortilège incompréhensible, tout Labyrinthe était voué à disparaître sous la main de Dieu.

La peine des époux Mendoza fut immense, car ils venaient tout à la fois de perdre leur plus jeune fille et leur dernier lien avec le monde des vivants. Dès le lendemain de l'enterrement, ils s'isolèrent dans leur maison, fermèrent volets et fenêtres et s'emmurèrent dans la forteresse de leur chagrin. Isabella Mendoza, minée par la

Le Labyrinthe du temps

tristesse, en devint folle, et ne prononça plus une seule parole jusqu'au jour de sa mort.

Les seules habitudes que le général conserva avec la ponctualité et l'abnégation le caractérisant furent ses visites quotidiennes à l'archimandrite. Pourtant certain que les fièvres vespérales ne cesseraient plus et que Vassili Evangelisto ne se réveillerait pas, il continuait à l'alimenter, à le soigner et à lui parler comme s'il s'occupait de son propre enfant. Après quoi il finissait par rentrer chez lui où il s'enfermait dans sa chambre jusqu'au lendemain.

– Je sais bien que cela ne sert à rien, avait-il coutume de répéter, cependant je ne peux m'en empêcher.

Et si Mendoza vécut encore de nombreuses années, c'est qu'il avait en tête de rédiger ses Mémoires et d'en faire un livre, la somme de toute une vie, qu'il commença précisément le lendemain de l'enterrement d'Antonia, trempant pour la première fois sa plume dans l'encre grenat, alors que dans le ciel venait de poindre la treizième lune de cette terrible année annonçant le début de la fin du monde.

XIII

Un jour de mars, une bouteille fut recueillie, voguant au large de la crique du Diable. Elle contenait le message de détresse que l'archimandrite avait envoyé bien des années auparavant... Il avait tournoyé sur lui-même des millions de fois avant de s'en revenir au point de départ, sans avoir été lu par quiconque.

Lorsqu'il apprit la nouvelle, Parga s'effondra et déclara, en proie à la détresse la plus absolue :

– Il n'y a aucune issue à Labyrinthe. Tout revient irrémédiablement à son point de départ, tandis que le temps parfois se fige et parfois file vers l'avenir comme une comète.

Comme pour illustrer son propos, une machine volante fit un jour son apparition dans le ciel. On crut d'abord à la présence d'un oiseau géant, une sorte de rapace aux dimensions exceptionnelles et on se réfugia dans les maisons dans la crainte de se voir emporté dans les airs. Mais quand il se rapprocha et qu'on aperçut un corps suspendu aux ailes, on comprit qu'il s'agissait d'un homme volant.

— C'est un descendant d'Icare, déclara Parga d'un ton péremptoire.

Un peu plus tard, l'étrange oiseau se posa sur le sable de la crique du Diable, et chacun put constater que cette apparition mi-homme mi-oiseau avait la faculté de détacher ses ailes de son corps et de se changer en simple mortel.

— C'est donc une machine volante, remarqua Zakarias, beaucoup plus pragmatique.

Cette machine volante était un assemblage de toiles et de bois formant une armature suffisamment légère et solide pour voler dans le ciel. Elle était propulsée par un moteur et pilotée par un homme élégant — costume trois-pièces en flanelle, fine moustache, couvre-chef en feutre gris, montre à gousset doré à l'or fin et chevalière gravée à ses initiales — un homme

Le Labyrinthe du temps

qui fit grande sensation parmi la population tant il était différent des habitants de l'île.

– Voilà donc la civilisation qui nous arrive, s'étonna le gouverneur en s'approchant lentement de l'étrange apparition.

– Je m'appelle Santos-Dumont, dit le pilote dès qu'il fut descendu de sa machine.

– Et d'où sortez-vous comme ça ? lui demanda-t-on, ahuri par de tels procédés qui défiaient les lois les plus élémentaires de la physique.

– Des airs, répondit le petit homme. En vérité, je suis aéronaute.

– Vous êtes donc une sorte de demi-dieu.

Santos-Dumont éclata d'un rire sonore et, après avoir réfléchi quelques secondes, répondit avec malice :

– En quelque sorte, oui.

Parga trancha en lui tendant la main :

– Qui que vous soyez, bienvenue sur l'île de Labyrinthe.

Cet homme surprenant permit à chacun de sortir de sa léthargie. La curiosité aidant, tous

Le Labyrinthe du temps

voulurent entendre son histoire et certains, plus hardis que d'autres, l'invitèrent à leur table. Alors, dans toutes les demeures, on ouvrit en grand les fenêtres et les portes, laissant souffler un vent nouveau capable de chasser les fantômes de l'immobilité et du sommeil, on ôta les draps recouvrant les chaises et les meubles, on ressortit des buffets les casseroles en cuivre, les verres en cristal, les couverts en argent, et la vie reprit son cours.

Celui qu'on ne nommait plus que par le surnom d'« homme volant » – tant il paraissait acquis que son élément naturel était l'air –, fut de toutes les fêtes et de toutes les soirées. On apprit alors sa singulière histoire. De lointaine ascendance française, il était le fils d'un entrepreneur brésilien, spécialiste des chemins de fer, ayant fait fortune en installant les rails du premier train traversant l'Amazonie. Il était né en 1873 à Minas Gerais, avait passé son enfance en Amérique du Sud, puis choisi de rallier l'Europe où il s'était consacré à sa passion de l'aéronautique. Après un long séjour à Paris, où il était devenu célèbre par ses exploits ayant longtemps défrayé la chronique, il avait

Le Labyrinthe du temps

décidé de faire connaître au monde les merveilles de la technologie de l'aviation naissante et s'était envolé à bord de sa machine dans le dessein de traverser la Méditerranée.

Bien entendu, personne ne prêta le moindre crédit à ces déclarations rocambolesques, mais tout le monde fut ravi de sa présence car il était de nature aimable, fantasque, et son excentricité faisait merveille.

— S'il faut vous croire, vous venez donc du futur, fit remarquer le gouverneur.

— Pourquoi donc ?

— Vous prétendez être né en 1873. Or, même si nous avons oublié de calculer avec exactitude les années qui passent, selon mes estimations nous sommes à peine en 1810.

Cette fois, ce fut l'aéronaute qui parut suffoqué.

— Impossible. Je suis parti de Paris en juin 1906.

Cette déclaration fit éclater de rire la foule.

— Pourvu que vous restiez longtemps à nous raconter des histoires incroyables, fit remarquer Parga qui, lui-même, ne faisait plus rêver personne avec les siennes.

Le Labyrinthe du temps

— Malheureusement, cela ne sera pas possible, déclara Santos-Dumont, oubliant un temps ce différend chronologique qu'il jugeait une monstrueuse farce. Je compte repartir bientôt car j'ai encore le monde entier à survoler.

L'assistance le regarda d'un air désolé.

— Pourquoi cette mine d'enterrement ? demanda l'aéronaute.

— Hélas, lui apprit le gouverneur. Jamais personne n'a réussi à s'échapper de cette île.

— Pourquoi cela ?

— Parce qu'un sortilège nous retient tous ici, et que tous ceux qui ont essayé de prendre la mer ont péri.

Le petit homme répondit alors :

— C'est que, jusqu'ici, personne n'a songé à prendre la voie des airs.

L'assistance resta sans voix. Après tout, Santos-Dumont avait peut-être raison. La solution se trouvait là. Dans les airs.

— Et puis surtout, conclut l'aéronaute, les yeux pétillant d'intelligence, tout est une question de volonté. Si on désire fortement quelque chose, on le possède déjà à moitié. Dans trois jours, je partirai d'ici. Et si vous ne me croyez pas, venez donc assister à mon envol.

Trois jours plus tard, prenant au mot l'aéronaute, toute la population se rassembla sur le bord de la falaise aux premières heures de la matinée. Santos-Dumont arriva un peu plus tard, vers onze heures. Toujours résolu à se jeter dans le vide, il semblait n'en éprouver aucune frayeur, contrairement à la foule des badauds rongée d'inquiétude. Il installa son aéroplane au bord du précipice et, après avoir mesuré l'intensité du vent, il mit le moteur en marche, ajusta ses lunettes de vol et son casque de cuir.

– Regardez bien, dit-il après avoir fait ses adieux à tous. Et si vous ne me voyez pas sombrer dans la mer, c'est que j'aurai réussi à rejoindre le soleil.

Alors l'homme volant rejoignit son étonnante machine, se sangla à l'armature de bois et de toiles et, tel un Icare moderne, s'élança du haut de la falaise. On crut d'abord qu'il allait s'écraser sur les rochers en contrebas car la machine piqua dangereusement vers le sol.

Le Labyrinthe du temps

L'assistance ne put retenir un cri d'effroi. Mais l'aéroplane se redressa, s'éloigna de la paroi et prit la direction de la mer, flottant dans les airs comme une mouette entre deux courants. On comprit alors que le petit homme avait dit vrai. Et lorsque, agitant la main une dernière fois, il disparut en direction du soleil, on sut qu'il avait réussi à échapper au sortilège de l'île.

— C'est extraordinaire, s'étonna le gouverneur quand Santos-Dumont se fut confondu avec le ciel, le soleil et la ligne d'horizon. Il a tenu parole.

Puis il ajouta :

— Cet homme a raison. Avec de la volonté, on peut soulever des montagnes.

— C'est-à-dire ? lui demanda-t-on.

— Dans un mois, je serai parti d'ici.

— Vous comptez vous aussi construire une machine volante ?

Parga se dressa face à l'immensité de la mer et déclara :

— En quelque sorte, oui.

Le Labyrinthe du temps

La résolution du gouverneur l'occupa les jours suivants, car bientôt il se rendit chaque jour à la crique du Diable, à l'endroit précis où, bien des années en arrière, il avait échoué sur l'île. Parga, redevenant le capitaine qu'il avait été, passa de longues heures sur la plage à proximité des débris de *L'Astrolabe* et, tout en espérant le retour improbable de l'aéronaute, se mit à caresser des rêves d'envol et de voyage. Lui qui vivait désormais dans la soif des miracles commença à échafauder en pensée des traversées périlleuses, comme au temps révolu où, capitaine au long cours, il explorait les terres les plus reculées et les plus éloignées du monde connu, jusqu'aux frontières de l'invisible.

Il rêva à l'Océanie et à ses archipels, aux côtes d'Afrique, aux golfes des Indes, aux détroits des Amériques et aux mers intérieures de la Vieille Europe, comme on rêve le temps d'un vertige à des horizons que la raison interdit.

Un soir, à la terrasse du café, le Dr Zakarias lui demanda avec son ironie habituelle :

– Alors, cette machine volante, elle avance ?

Parga s'écria :

Le Labyrinthe du temps

— Il ne s'agit pas d'une machine volante comme celle de Santos-Dumont.
— Alors de quoi s'agit-il ?
Le gouverneur attendit quelques secondes avant d'annoncer :
— Il s'agit d'un bateau volant.

S'il ne faisait pas un soleil trop ardent, s'il ne pleuvait pas des trombes d'eau, Parga se muait en un habile charpentier de marine, maniant avec dextérité varlope, vilebrequin, ciseau à bois, règle, équerre, compas, maillet et rabot afin de réaliser l'esquif devant lui permettre de retrouver la liberté et cette mer qu'il aimait tant. Il pouvait travailler des heures durant, insensible à la fatigue, oublieux de toute lassitude. Les villageois qui venaient le voir se montraient admiratifs devant tant d'abnégation et de courage.
— Qu'est-ce qu'un bateau volant ? lui demandait-on avec curiosité.
— Une embarcation assez légère pour passer le mur des vagues, mais assez solide pour ne pas se fracasser sur les rochers.

Le Labyrinthe du temps

– Vous croyez que cela est possible à réaliser ?

– Oui, bien entendu. Et puis, n'oubliez pas que tout est une question de volonté.

On craignit alors que le gouverneur ne finisse par devenir fou tant il semblait certain de mener à terme son projet d'évasion.

Il y parvint pourtant à force de patience et de labeur. Et le bateau qu'il réalisa, même s'il n'avait aucun lien de parenté avec la machine volante de Santos-Dumont, s'avéra capable de prendre la mer.

– Il flotte, il est léger, il est solide, fit savoir le capitaine. C'est tout ce qu'on lui demande. Et vous verrez que bientôt, il s'envolera au-dessus des vagues comme un aéroplane.

– Quand partez-vous ? lui demanda-t-on, passionné par ce projet loufoque.

– Le plus tôt possible.

– C'est-à-dire ?

– Dans sept jours.

Une semaine plus tard, après avoir fait ses adieux à toute la population, Parga rassembla

Le Labyrinthe du temps

ses affaires, mit son paquetage sur ses épaules et, bien déterminé à ne plus revenir, prit le chemin de la crique du Diable. On vint de tout le village assister à son départ, conscient de vivre une des heures importantes de la chronique de l'île.

— Alors, c'est vrai ? Vous nous quittez ?
— Oui, fit Parga.
— Vous savez pourtant que vous n'avez pas une seule chance de réussite.

Le capitaine, coupant court, se montra décidé :

— Inutile de tenter de me décourager. Je partirai ce soir sous un ciel d'étoiles, même si je dois me noyer au large. Mais vous verrez bien que je finirai par m'envoler au-dessus de la mer.

Et c'est ce qu'il fit lorsque, l'obscurité remplaçant le jour et la fraîcheur apportant sa brise légère et agréable, il embarqua dans son bateau et largua les amarres.

— Adieu. Je m'en vais vers d'autres mondes, s'écria-t-il une dernière fois de sa voix puissante.

On le vit alors franchir les premières vagues avec aisance, prendre de la hauteur, retomber sur les flots, s'élever à nouveau entre ciel et mer puis disparaître à l'horizon.

La nuit où disparut le capitaine Spyros Parga, il se mit à neiger des papillons bleus. Les mêmes papillons, le même signe divin, la même neige insolite et colorée qui était tombée pour annoncer chacun des moments importants qu'avait connus l'île de Labyrinthe. Un nuage bleuté, aérien, obscurcit le ciel avant de s'abattre sur le village comme un ouragan. Il y eut des papillons bleus jusque dans les puits, les citernes, sur les toits et les terrasses, dans les cours et les ruelles. Tout était merveilleusement bleu, comme un ciel renversé et posé à terre sur lequel on n'osait marcher, de peur d'en blesser la beauté.

On ne sut jamais si le capitaine Spyros Parga avait réussi à s'échapper de l'île comme l'avait fait Santos-Dumont avant lui ou si, au contraire, son bateau avait sombré au large. Mais si on possède assez d'imagination, on peut encore, certains soirs de ciel clair, se planter face à la mer, se laisser bercer par le ressac et apercevoir, contre l'horizon, l'ombre diaphane et fantomatique d'un navire en tout point identique à celui de son bateau volant. Un navire dont la trame des voiles semble tissée de milliers d'ailes de papillons bleus qui n'attendent plus qu'un souffle de vent pour s'envoler vers les nuées, le ciel étoilé et l'infini des rêves.

XIV

Le dernier naufrage que connut l'île fut celui du temps qui passa inexorablement et amena peu à peu les habitants de Labyrinthe à se rapprocher des rivages inquiétants de la mort.

En remplacement du capitaine Parga, le Dr Zakarias fut nommé gouverneur de l'île. La réalité reprit ses droits, la logique remplaça l'irrationnel, jusqu'à la clepsydre qui se rapprocha peu à peu du cours normal du temps. En revanche, la magie et le merveilleux disparurent et la vie devint monotone.

Très vite on oublia l'époque des sortilèges, le départ prodigieux de Parga, la maladie de l'archimandrite, la mort des cousins Kallisteas, celle encore plus tragique d'Antonia Mendoza, le dérèglement de la clepsydre, les trois petits coffrets de Tahar, les clefs lacédémoniennes, le

Le Labyrinthe du temps

globe de Coronelli, la bible de Dimitri ainsi que le saint Christophe en argile car ces reliques de la mémoire collective semblaient appartenir à un temps révolu.

Le seul à éprouver la nostalgie du passé était le général Mendoza qui, du plus profond de sa retraite, conservait un souvenir précis de toutes ces choses et, mieux encore, en assurait la survivance en les incluant dans son livre. Depuis que sa femme était morte de folie et de chagrin, il ne sortait plus de chez lui – si ce n'était pour rendre visite à Vassili Evangelisto dont l'état ne montrait toujours aucun signe d'amélioration – car il n'avait plus d'autre espoir que terminer son livre avant de mourir.

Lors des trop nombreuses années qu'il passa en solitaire, enfermé dans sa chambre dont l'unique fenêtre donnait sur la mer, le général Mendoza écrivit chaque matin pendant quatre heures d'affilée l'histoire singulière de la vie de l'île. Son compagnon le plus fidèle était désormais un grand cahier à la couverture reliée cuir sur laquelle il avait écrit, en lettres de sang, *Le Labyrinthe du temps*. Ce livre, véritable catharsis, contribua à sa survie pendant toutes ces années d'isolement dont les seules échappatoires étaient les conversations qu'il entretenait avec sa fille défunte. Car, aussi incroyable que cela pût paraître, il n'était pas rare que, les soirs de tempête et de grand vent, quand l'île était traversée de rafales de sirocco venus d'Afrique, le fantôme d'Antonia lui rendît visite.

La première fois, elle lui apparut alors qu'il se trouvait assis à son bureau, relisant les pages recouvertes d'encre grenat rédigées le matin même. Il sentit une présence derrière lui, un souffle à peine perceptible, et sut qu'il n'était pas seul. Il se retourna et aperçut alors le visage de sa fille flottant dans l'air à l'intérieur d'un halo de lumière. Frappé de stupeur, Mendoza voulut effacer d'un mouvement de la main cette image indésirable qu'il pensait sortie tout droit de son esprit, mais ne parvint qu'à passer au travers de l'apparition. « Je dois rêver tout éveillé », se dit-il. Mais lorsque la jeune femme se mit à parler, il comprit qu'elle possédait une forme de matérialité en dépit de son évanescence.

Le Labyrinthe du temps

— Je suis heureuse de te voir, dit Antonia en le fixant de ses beaux yeux sombres.

Alberto Mendoza ne sut que répondre, puis la frayeur l'emporta :

— Pourquoi viens-tu me persécuter alors que je ne suis plus très loin de te rejoindre dans la mort ? dit-il.

— Je suis venu te voir parce que, tant que le sortilège du temps n'aura pas pris fin, je ne serai jamais en repos.

Le général se demanda longtemps si c'était sa fille qui revenait réellement le hanter ou s'il était en proie au délire. Mais, au fil des jours, il s'habitua à ces étranges visites et considéra qu'on pouvait s'accommoder de parler avec les morts. Il finit par accepter la présence de ce spectre avec sérénité. Bientôt, il ne fut plus en mesure de se passer d'Antonia et, lorsqu'elle ne venait pas un soir, il se morfondait.

Antonia Mendoza, condamnée à errer indéfiniment dans les couloirs du temps avant de trouver le repos éternel, par la force d'un sortilège inexpliqué, se montrait toujours agréable

Le Labyrinthe du temps

et tendre avec son père, tentant parfois d'alléger le poids de sa tristesse qui le tenait à l'écart du monde réel et de ses joies. Un soir qu'elle le trouva en peine, elle improvisa un chant semblable à celui d'une sirène. Mais cela ne dérida guère le général et ne permit pas de faire fondre les aiguilles de glace que les malheurs lui avaient logées dans le cœur. Toujours muré dans son isolement, Mendoza consentit cependant à répondre à la question qu'elle lui posa alors – cette même question qu'il se posait lui-même chaque jour :

– Pourquoi la vie est-elle si absurde que même la mort n'apparaît pas comme une délivrance ?

Mendoza referma le livre qu'il était en train de corriger, posa sa plume dans l'encrier et répondit :

– Vois-tu, ma chère Antonia, c'est qu'ici, personne ne peut vraiment vivre, comme personne ne peut vraiment mourir.

– Pas même moi ?

– Non.

– Pourquoi donc ?

– Parce que le moment n'est pas encore venu

Le Labyrinthe du temps

pour le sortilège du temps de prendre fin et de laisser les âmes en paix.

— Quand tout cela cessera-t-il ? demanda alors Antonia.

Le général se tourna vers l'apparition et ajouta d'une voix étranglée par l'émotion :

— Je n'en sais rien.

Un long silence. Puis, juste avant que le spectre ne disparût, que le halo de lumière s'effaçât, il ajouta comme une promesse d'espoir :

— Mais l'heure de la délivrance sonnera bientôt.

Cette nuit-là, le général Mendoza fit un rêve dans lequel se mêlèrent tous les personnages qui avaient émaillé le cours de sa longue existence. Il vit dans le même temps le Roi d'Espagne au moment d'une tentative d'assassinat, sa femme Isabella lors de leur première rencontre sur la scène de l'Opéra de Madrid, ses trois filles lorsqu'elles embarquèrent sur le bateau qui devait les conduire à Jérusalem, l'archimandrite lui parlant pour la dernière fois avant son

Le Labyrinthe du temps

étrange maladie, le capitaine Parga le jour où il lui avait annoncé qu'il voulait épouser sa fille, le Dr Zakarias au soir de la révolution manquée, le prêtre Nikos Tsovilis prenant la place de Vassili Evangelisto en vue de célébrer sa première messe, sans oublier tout un kaléidoscope d'images diverses dont il ne parvenait plus à établir la chronologie exacte.

— Cela veut dire que je vais mourir bientôt, déclara-t-il le lendemain matin au lever du lit, mais il n'aurait pu préciser la date avec exactitude, tant il s'était perdu depuis longtemps dans les limbes du temps.

Un mois plus tard, pourtant, le général Mendoza était toujours vivant, ce qui le conduisit à penser que Dieu lui offrait un sursis, le temps pour lui d'achever la rédaction de son livre. Il calcula qu'au rythme où il travaillait, il le terminerait la veille du solstice d'été, soit le 20 juin suivant.

Dans cette perspective, il travailla d'arrache-pied et ne fit rien d'autre, si ce n'est se sustenter assez pour ne pas mourir de faim, soigner son ami l'archimandrite, prier souvent et échanger quelques mots avec le spectre d'Antonia.

231

Le Labyrinthe du temps

Comme prévu, le soir du 20 juin, après des années d'un labeur exténuant, il acheva son livre. Après avoir inscrit le dernier mot de la dernière page, il posa sa plume dans l'encrier, referma le manuscrit, se leva de sa chaise, ouvrit la fenêtre pour faire entrer dans la pièce un peu d'air frais et alla se coucher. Il s'allongea sur son lit, souffla sa bougie et attendit que le sommeil le prît, sans cependant pouvoir fermer les yeux car il avait la profonde certitude que, s'il le faisait, il ne se réveillerait plus. Le regard fixé au plafond, il compta les secondes et les minutes qui le séparaient de la délivrance. Dans l'espoir d'une dernière visite de sa fille défunte, il appela d'un souffle d'agonisant :

— Antonia.

C'est alors qu'il sentit une brise parcourir la chambre et sut qu'il n'était plus seul dans la pièce. Il se redressa sur sa couche et vit une ombre se profiler dans la pénombre. Cette fois, pourtant, il ne s'agissait pas du visage d'Antonia dans le halo de lumière blanche, mais d'un homme au teint gris tenant à la main une bou-

Le Labyrinthe du temps

gie que les courants d'air menaçaient à tout moment d'éteindre.

– Qui êtes-vous ? demanda Mendoza à l'étrange personnage, craignant qu'il ne s'agît de la mort venue réclamer son âme.

Le spectre s'approcha du lit et porta la bougie à hauteur de ses yeux, dévoilant peu à peu les traits de son visage. C'est à peine s'il semblait humain et pourtant ce n'était pas un fantôme. Son regard étincelant le fixait d'une manière singulière, comme s'il était désireux de l'hypnotiser.

– Vous ne me reconnaissez pas ?

Mendoza, nullement effrayé, ouvrit de grands yeux remplis d'étonnement.

– Non.

Alors le spectre enleva la capuche qu'il portait sur la tête et déclara :

– Je suis Vassili Evangelisto.

Mendoza, comprenant qu'il ne se trouvait pas en présence d'un esprit mais de l'archimandrite revenu du royaume des fièvres, déclara d'une voix brisée par l'émotion :

Le Labyrinthe du temps

— Je savais que je vous reverrais un jour. Mais je croyais que cette rencontre se ferait dans l'autre monde.

L'archimandrite s'approcha du général, tendit une main décharnée, comme traversée de lumière diaphane, la posa sur l'épaule de son ancien compagnon et eut cette repartie surprenante :

— Il n'y a qu'un seul monde qui vaille la peine d'être vécu. C'est celui des vivants. Et c'est dans celui-là que nous sommes.

Pendant quelques instants, le général Mendoza se demanda s'il n'était pas le jouet d'une hallucination tant l'archimandrite lui parut irréel et fantomatique. Mais lorsqu'il sentit la main du religieux enserrer son épaule, il comprit qu'il disait la vérité.

— Nous sommes bien la veille du solstice d'été ? vérifia l'archimandrite.

— Oui. Le soir du 20 juin.

Vassili Evangelisto parut soulagé.

— Tant mieux, fit-il d'un air enjoué. Je m'en serais voulu de m'être trompé. Cela nous aurait fait perdre une année inutilement.

Le Labyrinthe du temps

— Pourquoi une telle question ? Et pourquoi aurions-nous perdu un an ?

— Je vous expliquerai cela plus tard, confia Vassili Evangelisto.

— Enfin, s'étonna Mendoza, pourquoi tant de secrets ? Et d'abord, comment avez-vous guéri de ces fièvres ?

Vassili Evangelisto le regarda en souriant et répondit avec malice :

— Parce que j'ai enfin réussi à me défaire du sortilège du temps.

C'était l'incroyable vérité. Tout ce temps où il avait été pris par les fièvres, cloué dans son lit, l'archimandrite le devait à une maladie contractée bien des mois auparavant parce qu'il avait fait une découverte qu'il n'aurait jamais dû faire.

Le jour où il s'était endormi pour ne plus se réveiller avant longtemps, quelques minutes seulement après avoir conversé avec le général Mendoza, Vassili Evangelisto avait regagné le palais, s'était enfermé dans le cabinet des merveilles, avait fureté parmi les rayons de la

Le Labyrinthe du temps

bibliothèque et, par un curieux hasard, avait décelé dans le fatras abominable des livres le seul ouvrage qui, jusqu'ici, lui était resté parfaitement inconnu. Il s'agissait d'un traité d'horlogerie signé de la main même de Tahar le Sage. Au moment précis où il le tint en main et, fébrile, commença à en parcourir les premières pages, l'archimandrite sut qu'il venait de trouver la réponse à toutes les questions qu'il s'était posées, car cet ouvrage renfermait la clef de bien des énigmes. Il ne lui fallut pas plus de deux heures pour en achever la lecture et moins de cinq secondes pour se rendre compte de l'importance de ce traité qu'il avait cherché en vain sans jamais le trouver et qu'il avait fini par découvrir sans vraiment le chercher.

– Ainsi c'était donc ça ! s'était écrié Vassili Evangelisto en rangeant le livre dans son coffret en olivier, conscient que personne avant lui n'avait résolu ce mystère. Il faut absolument que tout le monde sache ce que je viens d'apprendre. À commencer par Alberto Mendoza.

Il n'en eut malheureusement pas le loisir car, dès qu'il referma le coffret, il fut pris de fièvres

Le Labyrinthe du temps

violentes. Sentant ses forces décliner à vue d'œil, secoué de spasmes, il songea aussitôt au pire.

S'agissait-il de poison, d'un envoûtement, d'une quelconque malédiction ? L'archimandrite ne le sut jamais. À peine parvint-il à se traîner, à moitié délirant, avant de sombrer dans un coma profond, jusqu'à cette nuit où, sortant des poussiéreux et labyrinthiques couloirs du néant dans lesquels il lui semblait avoir erré pendant des siècles, il revint à la vie. Se levant péniblement de son lit, il marcha comme un somnambule vers la fenêtre de sa chambre qu'il ouvrit en grand, reçut en plein visage l'odeur entêtante des hélianthèmes, s'émerveilla de la splendeur de la mer sous la lune et fut fouetté par les embruns de l'existence.

– Que c'est beau ! s'écria-t-il. En vérité, il n'y a rien de mieux qu'être en vie.

Et sans se poser plus de questions sur les raisons de sa guérison, il prit dans le coffret en olivier le traité ainsi que les trois clefs lacédémoniennes, sortit de sa chambre, quitta le palais, traversa le village et se rendit à la demeure du général.

Le Labyrinthe du temps

— Et qu'avez-vous découvert dans ce livre, juste avant de succomber aux fièvres ? lui demanda Mendoza quand il eut repris ses esprits.

L'archimandrite répondit avec la simplicité qui était déjà la sienne lorsque, des années plus tôt, il était parti de Saint-Pétersbourg pour s'en aller porter la Parole du Christ en Arabie :

— J'ai découvert où se trouve le véritable coffre de Tahar le Sage ainsi que la manière d'accéder au trésor de vérité qu'il contient.

Le général Mendoza, tremblant d'émotion, crut qu'il allait défaillir. Se levant de son lit, il alla chercher la dernière bouteille de liqueur qu'il lui restait. Il remplit deux verres, trinqua avec l'archimandrite et, après avoir bu une rasade qui lui réchauffa le cœur, demanda enfin :

— Où se trouve-t-il ?

— Pas très loin d'ici. Sur l'île.

Au bord de l'apoplexie, Mendoza demanda encore :

— Par pitié, dites-moi où exactement.

L'archimandrite, qui avait attendu bien des

Le Labyrinthe du temps

années avant de parvenir à percer ce secret, choisit de faire durer encore un peu le mystère.

— Attendons le lever du soleil, et je vous y conduirai.

— Pourquoi ne pas y aller tout de suite ?

— Parce que, sans la lumière du solstice d'été, il est absolument impossible d'ouvrir le coffre de Tahar.

Lors des trop nombreuses heures qui les séparèrent de l'aube, les deux hommes ne purent fermer l'œil. Après avoir fini la bouteille de liqueur, Vassili Evangelisto s'étendit sur une couverture posée sur le sol tandis que le général, allongé sur son lit, partagé entre la joie d'avoir retrouvé son compagnon et la crainte de mourir dans son sommeil, passa la nuit la plus longue et la plus blanche de sa vie.

À peine le coq se mit-il à chanter qu'ils se levèrent tous deux, en quête du fameux coffre.

— Suivez-moi, dit l'archimandrite en serrant dans sa main les trois clefs lacédémoniennes. Et vous verrez que je ne vous ai pas menti.

Mendoza ne se fit pas prier et, pour la pre-

Le Labyrinthe du temps

mière fois depuis bien longtemps, enfila sa veste d'officier et sortit de sa demeure le cœur en joie. Il suivit l'archimandrite dans les ruelles du village par une aube encore hésitante, marchant dans les pas de cet homme revenu du désert aride du passé. Ils gravirent les dernières marches de l'escalier de pierre les conduisant au sommet du village, passèrent devant le palais sans toutefois y entrer, contournèrent l'édifice et s'arrêtèrent enfin devant l'église. Sans un mot, Vassili Evangelisto poussa la petite porte de bois qui en défendait l'entrée et pénétra dans le lieu saint.

— C'est ici.

— Dans l'église ?

— Oui. Quoi de mieux qu'un lieu saint pour abriter un objet sacré ?

Ils avancèrent dans la travée et se présentèrent devant l'autel. Sur la gauche, la clepsydre continuait inlassablement de mesurer l'écoulement du temps.

— Voilà, dit l'archimandrite avec une émotion contenue, vous avez devant vous le coffre de Tahar le Sage.

— Où donc ?

Le Labyrinthe du temps

Vassili Evangelisto pointa alors son doigt devant lui et affirma :
– À l'intérieur de la clepsydre elle-même.

L'horloge antique, que tous avaient sous les yeux depuis le premier jour de leur arrivée sur l'île, n'était autre que l'objet tant recherché depuis des siècles. À côté du bassin de pierre dans lequel l'eau entrait et sortait en circuit fermé, entraînant les rouages de l'horloge, il y avait un cadran de bois marquant les heures. Or, ce cadran ressemblait à s'y méprendre à un coffre.

– Souvenez-vous, Alberto. Avant d'être un alchimiste et un savant, Tahar le Sage a écrit un traité d'horlogerie. Qui d'autre que lui pouvait avoir fabriqué cette clepsydre ?

Comme le général restait sans voix, l'archimandrite ajouta :

– Penchez-vous sur le cadran et regardez attentivement.

Mendoza s'exécuta et aperçut, sur le panneau de bois, des cavités qu'il avait prises jusqu'à ce jour pour des ornements.

– Il s'agit... de serrures, dit-il avec étonnement.

Le Labyrinthe du temps

— Oui, fit l'archimandrite. Des serrures. Et combien en comptez-vous ?

— Mon Dieu, je ne sais pas. Le cadran en est recouvert.

— En effet, dit le vieil homme en hochant la tête. Tahar a démontré son ingéniosité en réalisant cette pièce. Car il n'y a pas trois serrures, mais des centaines.

Mendoza releva la tête, la panique dans le regard.

— Dans ce cas, comment distinguer celles qui permettent l'ouverture ?

Vassili Evangelisto eut alors un ample geste vers le ciel.

— C'est là qu'intervient la lumière du soleil, dit-il.

Il sortit de sa poche le manuscrit découvert dans le cabinet des merveilles et lut les quelques lignes que Tahar avait rédigées il y avait bien longtemps dans son traité d'horlogerie :

« Lorsque les trois clefs lacédémoniennes seront rassemblées et le coffre de Tahar enfin trouvé, il restera encore une étape à franchir. Car seule la lumière du soleil, le jour du solstice

Le Labyrinthe du temps

d'été, viendra dévoiler les trois serrures permettant d'en délivrer l'accès. »

L'archimandrite referma le manuscrit, le posa avec soin sur une margelle, et s'assit près de lui.

— Nous n'avons plus qu'à attendre que le soleil vienne frapper la clepsydre, dit-il.

Ce qui survint quelques minutes plus tard. Les premiers rayons pénétrèrent par les vitraux, rampèrent sur le sol, léchèrent les murs et illuminèrent soudain l'horloge. Au moment précis où la clepsydre entra en contact avec le soleil, seules trois serrures furent traversées d'un rai oblique, révélant l'un des secrets les mieux gardés du monde.

— Voici la réponse à votre question, dit Vassili Evangelisto, avec une certaine fierté.

L'archimandrite prit alors les trois clefs lacédémoniennes et les plaça l'une après l'autre dans les fentes des serrures baignées de lumière. Avec une délicatesse et un respect infini, il entreprit de les faire tourner, et, l'une après l'autre, les serrures cédèrent.

Le Labyrinthe du temps

— Et voilà, fit Vassili Evangelisto, le front couvert d'une sueur glacée. Il n'y a plus qu'à ouvrir le coffre et nous accéderons enfin au trésor de vérité.

Ce qu'il fit aussitôt en tirant à lui le cadran de bois qui céda dans un grincement épouvantable. Les deux hommes virent alors apparaître sous leurs yeux, déposé au fond du coffre, un simple papyrus sur lequel étaient inscrites, en grec ancien, la réalisation d'une prophétie et la fin d'un sortilège.

— Le trésor de vérité ! s'écria Mendoza.

L'archimandrite se pencha alors sur le texte sacré rédigé de la main même de Tahar le Sage, puis, sans le toucher de peur de le voir tomber en poussière à ses pieds, s'aidant de la lumière du soleil, il commença à déchiffrer par bribes le texte qui ponctuait des siècles de recherches.

Par cette aube du 21 juin, l'archimandrite apprit comment le général Mendoza, les habitants de Labyrinthe et tous ceux qui avaient un jour échoué sur cette île allaient être délivrés d'un sortilège annoncé depuis des temps immémoriaux. Un cataclysme contre lequel

Le Labyrinthe du temps

personne n'avait pu lutter, tant il défiait par son mécanisme implacable et sa magie la raison humaine.

Au moment précis où il commença à lire, le bassin de la clepsydre se remplit peu à peu, précipitant l'île dans l'ère du Renouveau. Loin de s'en étonner, comme s'il savait depuis le premier jour que tout devait finir ainsi, l'archimandrite, le visage illuminé d'un sourire radieux, lut à voix haute le texte suivant :

La vie est un labyrinthe inextricable, et chaque être, perdu dans sa solitude, erre en silence pour chercher une quelconque issue au tragique destin de son existence. Seuls les fils d'Ariane que sont les liens d'amitié et d'amour, qu'il tisse avec les autres êtres dans ce même labyrinthe, lui donnent le courage de continuer à chercher et à avancer chaque jour. Sans ces fils d'Ariane, l'être humain sombrerait dans la folie, comprendrait qu'il n'est rien et se donnerait la mort. Mais il sait que d'autres, comme lui, cherchent la sortie, et il se doit de les accompagner dans cette quête. Car, pour son malheur, pour son plus grand malheur, il

Le Labyrinthe du temps

> croit qu'il y a une sortie. C'est pour cela qu'il reste en vie et que, du labyrinthe de l'existence, il fait une prison dorée qui pourrait un jour devenir son paradis.

Puis un peu plus loin, ce paragraphe étonnant :

> Ceux qui vivent avec la nostalgie du passé ou dans l'espoir d'un futur meilleur seront condamnés à errer indéfiniment dans les couloirs du temps. Ceux-là, voués au malheur, seront attirés irrémédiablement par le magnétisme de la clepsydre et pris dans les tourbillons de l'incertitude et de l'isolement.
> Car à trop penser au passé ou au futur, on en oublie de vivre au présent, on vit comme si on n'allait jamais mourir et on meurt sans jamais avoir vécu.
> La seule façon d'échapper au sortilège est de vivre l'instant présent.

Alors l'archimandrite vit le général sourire comme sourient les anges, car tous deux venaient d'accéder enfin au trésor de vérité. Un trésor leur expliquant pour quelle raison Alberto Mendoza était l'auteur du livre de la chronique de Labyrinthe, pour quelle autre le capitaine Spyros Parga s'était envolé dans les nuées, et enfin pourquoi Vassili Evangelisto était le seul sur qui le sortilège du temps n'avait aucune prise. Parce que le premier, enfermé dans les limbes d'un passé empreint de nostalgie, avait fait reculer le temps, que le second, bercé par les chimères de l'avenir, l'avait emmené dans un futur improbable, tandis que le troisième, plein de raison, l'avait ramené au présent.

Vassili Evangelisto décrypta le texte jusqu'à la dernière ligne. Et, au moment où il acheva de lire, il sut que Tahar l'Égyptien, par-delà les siècles et les millénaires, les avait délivrés du sortilège. Il sut aussi que les aiguilles de la clepsydre ne s'affoleraient plus, et que Labyrinthe plongerait désormais dans un présent éternel. Car il était écrit, à la dernière ligne du trésor de vérité, sur ce papyrus étrange et magique que l'archimandrite avait cherché la moi-

Le Labyrinthe du temps

tié de sa vie, il était écrit cette phrase implacable et prophétique :

> *Quiconque accède à ce savoir, qu'il vienne du passé, du présent ou de l'avenir, sortira à jamais du labyrinthe du temps.*

DU MÊME AUTEUR

Aux Éditions Albin Michel

L'APICULTEUR, 2000, prix del Duca 2001, prix Murat 2001.

SAGESSE ET MALICES DE CONFUCIUS, LE ROI SANS ROYAUME, 2001.

OPIUM, 2002.

BILLARD BLUES, 2003.

AMAZONE, prix Europe 1, 2004.

TANGO MASSAÏ, 2005.

Aux Éditions Arléa

NEIGE, 1999.

LE VIOLON NOIR, 1999.

Composition IGS
Impression Bussière, mars 2006
Éditions Albin Michel
22, rue Huyghens, 75014 Paris
www.albin-michel.fr

ISBN : 2-226-17226-2
N° d'édition : 24231 – N° d'impression : 060969/4
Dépôt légal : avril 2006
Imprimé en France.

church → general → explorer

185

p 13, 17, 18, 24

202-203 ⊕

9/
⊕ 169
√70

reread 222

Kirk